Tucholsky Wagner Zola Scott Fonatne Sydow Freud Schlegel
Turgenev Wallace
Twain Walther von der Vogelweide Fouqué Friedrich II. von Preußen
Weber Freiligrath Frey
Kant Ernst
Fechner Fichte Weiße Rose von Fallersleben Richthofen Frommel
Hölderlin
Engels Fielding Eichendorff Tacitus Dumas
Fehrs Faber Flaubert Eliasberg Ebner Eschenbach
Feuerbach Maximilian I. von Habsburg Fock Eliot Zweig
Ewald Vergil
Goethe Elisabeth von Österreich London
Mendelssohn Balzac Shakespeare Dostojewski Ganghofer
Lichtenberg Rathenau Doyle Gjellerup
Trackl Stevenson Hambruch
Mommsen Tolstoi Lenz Droste-Hülshoff
Thoma von Arnim Hanrieder
Dach Verne Hägele Hauff Humboldt
Karrillon Reuter Rousseau Hagen Hauptmann Gautier
Garschin Baudelaire
Damaschke Defoe Hebbel
Descartes Hegel Kussmaul Herder
Wolfram von Eschenbach Dickens Schopenhauer Rilke George
Bronner Darwin Melville Grimm Jerome
Campe Horváth Aristoteles Bebel Proust
Bismarck Vigny Barlach Voltaire Federer Herodot
Gengenbach Heine
Storm Casanova Tersteegen Grillparzer Georgy
Chamberlain Lessing Langbein Gilm Gryphius
Brentano Lafontaine
Strachwitz Claudius Schiller Kralik Iffland Sokrates
Bellamy Schilling
Katharina II. von Rußland Gerstäcker Raabe Gibbon Tschechow
Löns Hesse Hoffmann Gogol Wilde Vulpius
Luther Heym Hofmannsthal Klee Hölty Morgenstern Gleim
Roth Heyse Klopstock Kleist Goedicke
Luxemburg Puschkin Homer Mörike
La Roche Horaz Musil
Machiavelli Kierkegaard Kraft Kraus
Navarra Aurel Musset Lamprecht Kind Kirchhoff Hugo Moltke
Nestroy Marie de France
Laotse Ipsen Liebknecht
Nietzsche Nansen Ringelnatz
Marx Lassalle Gorki Klett Leibniz
von Ossietzky May vom Stein Lawrence Irving
Petalozzi Platon Knigge
Sachs Pückler Michelangelo Kock Kafka
Poe Liebermann Korolenko
de Sade Praetorius Mistral Zetkin

Der Verlag tredition aus Hamburg veröffentlicht in der Reihe **TREDITION CLASSICS** Werke aus mehr als zwei Jahrtausenden. Diese waren zu einem Großteil vergriffen oder nur noch antiquarisch erhältlich.

Symbolfigur für **TREDITION CLASSICS** ist Johannes Gutenberg (1400 — 1468), der Erfinder des Buchdrucks mit Metalllettern und der Druckerpresse.

Mit der Buchreihe **TREDITION CLASSICS** verfolgt tredition das Ziel, tausende Klassiker der Weltliteratur verschiedener Sprachen wieder als gedruckte Bücher aufzulegen – und das weltweit!

Die Buchreihe dient zur Bewahrung der Literatur und Förderung der Kultur. Sie trägt so dazu bei, dass viele tausend Werke nicht in Vergessenheit geraten.

Legenden

Rudolf G. Binding

Impressum

Autor: Rudolf G. Binding
Umschlagkonzept: toepferschumann, Berlin

Verlag: tredition GmbH, Hamburg
ISBN: 978-3-8424-1392-4
Printed in Germany

Coelestina

Eine Märchenlegende

An einem Samstagnachmittag im November hatten die Englein nichts zu tun und die himmlische Musik, die jeden Vor- und Nachmittag spielte, mußte sich ohne die Unterstützung behelfen welche sie ihr sonst durch ihren Gesang zu leisten hatten. Und das kam so. Am verflossenen Sonntag während der großen Himmelsandacht hatte der Herrgott zu bemerken geglaubt daß die Engelchöre nicht so frisch klangen wie er es sonst zu hören gewohnt war, ja daß kleine Rauhigkeiten die himmlische Harmonie störten auf deren ungeschmälerte Reinheit er sehr sah. Er ließ sich daher nach der Andacht den Kapellmeister und den Gesanglehrer kommen und stellte sie ziemlich verdrießlich über seine Wahrnehmungen unter dem Hinweis zur Rede, er könne nach einer arbeitsreichen Woche wohl verlangen daß ihm am Sonntag in der Himmelskirche eine anständige Musik vorgemacht würde. Das aber was er heute da hätte zu hören bekommen, erinnere ihn eher an üble irdische Katzenmusiken, die er nicht allzusehr liebe, als an eine Symphonia coelestis wie sie einzig hier am Platze sei. Der Kapellmeister, dem der Gesanglehrer durch Haftung und Gesichtsausdruck stumm beizupflichten sich bemühte, erklärte dem lieben Gott hierauf, daß er seine Wahrnehmungen nicht bestreiten könne; er müsse für die beobachteten Mißstimmigkeiten die Engel verantwortlich machen, von denen sich einige Schreihälse im Übereifer ganz heiser geschrien hätten und dadurch die Klangschönheit des Ganzen, wenn auch nur wenig, so doch für Gottes Ohr wohl vernehmlich beeinträchtigten. Der Herr hatte darauf befohlen daß Maßregeln getroffen würden, die solche Vorkommnisse für die Zukunft unmöglich machten, und die himmlische Vorsehung, welche für diese Dinge die zuständige Stelle war, erließ daraufhin eine Verordnung, wonach nicht nur den Engeln das Singen an Samstagnachmittagen überhaupt verboten sondern ihnen auch noch ans Herz gelegt wurde, sich nicht durch unnötiges Springen und Tollen zu erhitzen, Schreien und Zanken zu unterlassen und ihre Stimme für den großen Himmelskirchgesang am Sonntag möglichst zu schonen. Denn der Herrgott ging, weil er es nicht nötig hatte, nur Sonntags in die Kirche, im Gegensatz zu allen anderen Himmelsbewohnern, insbesondere den Heiligen, die schon aus alter lieber Gewohnheit in die Kirche gingen, und den vielen armen Sündern die, seit der Heiland die Auferstehung in der Welt eingeführt hatte, den Himmel bevölkerten und den Kirchenbesuch recht nötig hatten.

So saßen also an jenem Samstagnachmittage die Englein teils tatenlos auf den himmlischen Wolken herum, die Hände über den Knien und die Flügel über dem Rücken gefaltet, teils waren sie höchst überflüssiger- und unnützerweise damit beschäftigt festzustellen, wer von ihnen die schönsten Goldspitzen an den Federn hätte, oder sie standen an der Milchstraße und gafften dem endlosen Zug der Sterne nach, der an ihnen vorüber des Weges zog.

Im Gegensatz zu den Englein hatte am nämlichen Nachmittag der heilige Petrus alle Hände voll zu tun. Vor dem Himmelstor drängte sich gerade eine besonders große Menge von Einlaß begehrenden Seelen; denn zu der sich ziemlich gleich bleibenden Anzahl an andern Wochentagen kamen am Samstag noch diejenigen hinzu welche sich mit ihrer Auferstehung besonders aus dem Grunde beeilt hatten, um den Sonntag im Himmel und alle Erbaulichkeiten dieses Tages mitzugenießen und solchergestalt im neu angetretenen ewigen Leben ja nichts zu versäumen. Außer seinem Torhüteramt hatte aber der heilige Petrus auch noch die Aufsicht über die Sterne zu führen, von denen eine sehr große Zahl nicht im eigentlichen Himmel sondern außerhalb desselben im ewigen, unendlichen Raum verteilt war; und diese Aufgabe, welche ihn in seinem himmlischen Torwärterhäuschen keinen Moment schlafen ließ, machte ihm keine geringe Sorge. Denn gerade wieder einmal hatte sich unter den Sternen, besonders unter den kleineren, die bedauerliche Neigung eingestellt, ihren Platz plötzlich zu verlassen oder mit glänzenden Stücken um sich zu werfen, die sie planlos in das Weltall und nicht zum geringen Teil auf die Erde hinabschleuderten deren Bewohner diese Vorgänge in klaren Novembernächten teils mit Bewunderung teils mit Furcht beobachteten. Denn sie konnten sich von dem Herkommen dieser Sternschnuppen, wie sie die lichtglänzenden, am Himmel dahinfahrenden Sternstücke nannten, keine rechte Vorstellung machen. Besonders in dem Sternbilde der Leoniden war in diesen Tagen wieder einmal der Teufel los, wie der heilige Petrus sagte wenn er das Himmelstor hinter sich zugeschlagen hatte und im weiten Raum allein war, um an irgendeinem besonders rebellischen Punkt nach dem Rechten zu sehn und dem Verschleudern des kostbaren Sternenmaterials Einhalt zu tun.

Als er daher an jenem Samstagnachmittag die Engel so nichtsnutzig und nichtstuerisch herumlungern sah, kam ihm in seiner Arbeitsbedrängnis der Gedanke, ob er sie nicht in irgendwelcher Weise für sich anstellen könnte; und da er ihnen die himmlische Torhüterstelle unmöglich ohne das Umstoßen aller geheiligten Traditionen anvertrauen konnte, so machte er sie in der anderen ihm aufgebürdeten Obliegenheit dienstbar. Diese schien ihm für ihre geistigen Fähigkeiten, die er nicht allzuhoch anschlug, auch nicht zu schwer, zumal er sie anwies, etwaige widerspenstige Sterne die das Schnuppen nicht lassen wollten, sofort von ihrem selbständigen Platz im Raume ab- und dem großen Strome derer zuzuführen die auf der Milchstraße ihre leicht übersehbare und kontrollierbare Bahn am Himmelsgewölbe dahinziehen mußten. Die Englein, froh einmal aus dem goldnen Himmelsgitter herauszukommen, unterzogen sich belustigt ihrer neuen Aufgabe und begaben sich in gesonderten Trüppchen, immer ein größerer Engel mit einigen kleineren, auf die ihnen zugewiesenen Posten.

Anfänglich und bis in die Dämmerung hinein ging alles ganz gut. Sei es daß sich die Sterne aus Galanterie gegen den himmlischen Besuch von allem Unfug fernhielten, sei es daß sie fürchteten, auf eine Anzeige der aufsichtführenden Engel beim heiligen Petrus wirklich zur Milchstraßenwanderung verdammt zu werden, was ungefähr dem Schicksal gleich zu achten war, wenn Menschen von freien luftigen Höhen mit herrlicher Aussicht auf denen sie wandeln plötzlich für immer auf die staubige Landstraße versetzt würden wo sie mit allerlei Volks in Sonne und Unbehagen ihres Weges ziehen müßten, kurz: sie begaben sich zunächst völlig ihres aufgeregten Wesens und zogen still und geordnet, wie es ihnen zukommt, ihre vorgeschriebenen Bahnen. Kaum aber war die Dämmerung vorüber und die Nacht über das blanke Himmelsgewölbe als ein schützendes schwarzes Tuch gegen mutwillige Beschädigungen der Himmelspolitur ausgebreitet worden, als nach allen Seiten ein heftiges Feuerwerk und Bombardement mit Sternschnuppen vor sich ging und die Engel, welche einsahen daß es eine unmögliche Aufgabe sei, die weggelaufenen Sternlein oder ihre losgeschleuderten

Bestandteile wieder einzufangen, nichts weiter tun konnten, als die Schuldigen aufzuschreiben, um sie dem heiligen Petrus beim Rapport zur Meldung zu bringen. Dies alles wäre nun freilich nicht so schlimm gewesen, zumal der heilige Petrus in den Monaten August und November an solche Vorkommnisse reichlich gewöhnt war; als aber plötzlich aus dem Sternbilde der Leoniden so etwa um halb neun Uhr ein entsetzliches Geschrei und Gejammer und darauf ein gottserbärmliches Geheul und Geschluchze gehört wurde, da wußte er daß etwas Unangenehmes und Außerordentliches passiert sein müsse, ließ sofort von einer himmlischen Posaune in den Raum hinaus Appell blasen, warf das Himmelstor einem Einlaß begehrenden Sünder rasselnd vor der Nase zu und begab sich eiligst und Böses ahnend nach dem ihm wohlbekannten Gestirn. Von dort kamen ihm schon auf halbem Wege sechs Engel entgegengelaufen, die fünf kleinen heulend und die Fäustchen in die beiden Augen gedrückt und der größere ganz fassungslos vor sich hinweinend. Auf seine Frage erhielt Petrus zunächst keine Antwort aus der er etwas hätte machen können, und bugsierte also die heulende Gesellschaft zunächst in sein Geschäftszimmer, wo er sie, nachdem sie sich etwas gefaßt hatten, auszufragen begann. Da erfuhr er nun daß sie erst ihrer sieben gewesen seien, daß aber auf einmal das kleine Englein Coelestina beim Versuche, eine nichtsnutzige Sternschnuppe wieder einzufangen, so schnell in der Richtung nach der Erde verschwunden sei daß sie vermuteten, es sei diesem Himmelskörper zu nahe gekommen und dann von der dort herrschenden Schwerkraft, vor der sie ja freilich oft genug gewarnt worden seien, da die kleinen Engel sie mit ihrer geringen Flügelkraft nicht überwinden könnten, auf sie herabgezogen worden. Sie hätten zwar alle gerufen und geschrien, aber das fallende Englein sei bald in dicken, grauen Regenwolken, welche die Erde umgaben, ihren Blicken entschwunden. Als das der heilige Petrus hörte, wurde er sehr zornig; denn wenn die verlorene Coelestina nicht wiedergefunden wurde, so gab es für ihn eine Menge Schreibereien die er haßte und am Schlusse noch eine lange Auseinandersetzung mit dem Herrgott. Man konnte es ihm daher nicht verübeln, wenn er den aufsichtführenden Engel unter harten Worten gehörig an den Flügeln zauste, daß er Federn lassen mußte, die fünf kleinen Engelknirpse aber einen nach dem andern über sein heiliges Knie legte und ihnen mit seiner heiligen Hand eine Strafe verabfolgte, wie er sie noch von seinen irdischen Zeiten her kannte.

Damit war nun freilich nicht viel gebessert; im Gegenteil: alle sechs heulten von neuem los und die kleinen brüllten sich ganz heiser, was doch gerade durch die von der himmlischen Vorsehung angeordnete Samstagsnachmittagsruhe hatte vermieden werden sollen. Und so blieb ihm nichts übrig, als den Rest einer Lakritzstange unter sie zu verteilen, die er sich einmal in Kapernaum nach seinem berühmten großen Fischzug gekauft hatte, da er sich dabei einen starken Schnupfen und einen leichten Husten zugezogen. Dieses Mittel hatte insoweit den gewünschten Erfolg als sich die Engel bei seinem lange währenden Genuß beruhigten und ihre geröteten Stimmbänder allmählich wieder zu einem zarten Rosa verblaßten, so daß in der Kirchenmusik am darauffolgenden Sonntag die Stimmlein frisch und rein klangen als ob nichts geschehen wäre. Der heilige Petrus aber, welcher wegen der Anstellung der Engel in seinen Diensten ein böses Gewissen hatte, beschwichtigte dieses mit der unbegründbaren Hoffnung, des verlorenen Engleins doch vielleicht in den nächsten Tagen auf eine ihm noch unklare Weise wieder habhaft zu werden, und beschloß daher, vorläufig von dem ganzen Vorfall dem lieben Gott nichts zu sagen. Als aber Tag um Tag verrann ohne daß sich das Englein an der Himmelstür wieder einfand oder von einem befreundeten Kometen daselbst abgegeben wurde, war der heilige Petrus durch die Unterlassung der sofortigen Meldung von dem Begebnis erst recht in eine prekäre Lage versetzt. Und so kam er auf die Idee, die Sache überhaupt zu vertuschen, da Engelzählungen nur alle Jubeljahre einmal stattfanden und Namenslisten nicht geführt wurden. Dies war nämlich insofern unnötig, als die Engel von Rechts wegen aus dem Himmelsgitter nie herauskamen, also wer darin war auch darin blieb; nur über die etwa zu frommen Kindern abkommandierten wurde eine Liste geführt, deren Einträge der heilige Petrus beim Aus- und Eingang dieser Engel am Himmelstore selbst besorgte. In diese trug er nun den Namen der kleinen Coelestina mit dem Zusatz »auf unbestimmte Zeit« ein, obgleich eigentlich so unerfahrene Engelkinder zu derartigen Missionen nicht verwendet zu werden pflegten. Die an der Geschichte beteiligten sechs Engelchen aber hielten fein dicht, eingedenk der Tracht Prügel die sie weg hatten und der

Federn die sie hatten lassen müssen; und selbst wenn sie etwas davon hätten laut werden lassen, so würde es die himmlische Vorsehung, der sie es hätten anbringen müssen, doch nicht geglaubt sondern ihnen vermutlich noch das alberne Geschwätz verboten haben. So blieb es im Himmel unentdeckt daß das Englein auf die Erde hinabgefallen war.

Als Coelestina dem Sternknirps aus dem Leonidenschwarm, welcher mit unglaublicher Geschwindigkeit der Erde zustrebte, nachsprang um ihn an seinen Platz zurückzuführen, hatte sie ursprünglich nur vor, ihn bis zu der Wolkenschicht zu verfolgen, welche grau und schwer ihr die gefährliche Nähe der Erde deutlich genug anzeigte. Aber von dem tollen Hinterherjagen war sie dermaßen im Schwung daß sie noch ein ganz beträchtliches Stück über diese Grenze hinaus- und in die dichten feuchten Massen hineinfuhr; und als sie dann unter Aufbietung aller Kräfte mit den Flügeln schlug, um wieder nach oben zu kommen, waren diese so naß geworden daß sie nur noch unvollkommen ihren Dienst taten. Schon fühlte das Englein, wie die Schwerkraft, welche es sich wie eine große vielarmige Spinne vorstellte, seine Beine ergriff und da verließ es bald aller Mut und damit auch die letzte Kraft für weiteren Widerstand. Die Erde zog es unbarmherzig an sich, es sank unter müdem Geflatter wie ein krankes Vöglein tiefer und tiefer bis es endlich, etwas hart wie ihm schien, im Kohlgarten eines Bauern auf dem Boden aufstieß. Es war ganz erschöpft und außer Atem und die irdische Luft kam ihm schwer und drückend vor im Vergleich mit der durch den Äther verdünnten himmlischen Atmosphäre. Da stand es nun fremd in einer fremden Umgebung und wußte nicht was beginnen. Denn es war unterdessen stockfinstere Nacht geworden daß man nicht die Hand vor den Augen sah, und kein Stern vermochte mit seinem Licht die dicke dunkle Wolkenmauer zu durchdringen, welche einförmig und steinern die Erde vom Himmel abschloß; der Mond aber wurde in jener Nacht wieder einmal seiner Aufgabe als Himmelslicht gar nicht gerecht, da er erst Tags zuvor von seinem vertragsmäßigen monatlichen Urlaub heimgekehrt war, nach welchem er zum Ärger der Mutter Erde immer so schmächtig und glanzlos war daß sie einen halben Monat mit ihm zu tun hatte, bis er wieder rund und voll wurde. Dazu legte sich der erste stille breite Frost über das Land und Coelestina, die außer ihren Flügeln nichts anderes an hatte, sah sich daher frierend nach einem Obdach um. Aber die Bauern im Dorfe hatten längst ihre Lichter gelöscht und sich ihr zunächst befindliche Gehöfte, zu dem der Gemüsegarten gehörte, konnte sie in der Dunkelheit nicht entdecken. So fühlte sie sich wirklich ganz von Gott verlassen und weinte, da sie nicht zu rufen wagte, noch eine Zeitlang still vor sich hin. Dann aber duckte sie sich unter eine große Kohlstaude, brach von der danebenstehenden noch einige Blätter ab, die sie über die frostigen Beinchen legte, breitete die Flügel über Schulter und Rücken soweit sie reichen wollten, und schlief, indem sie die Knie eng an sich zog, sie mit den Armen umfaßte und ihr Köpfchen darauflegte, bald vor Ermüdung fest ein. Als sie am andern Morgen hungrig und frierend erwachte, hatte der Frost Bäume und Sträucher mit blitzendem, starrem Reif überzuckert und alles ringsum sah so prächtig aus daß sie zuerst dachte, vielleicht doch nicht auf der Erde sondern in einem Märchenlande zu sein. Unter diesem Eindruck und unter dem Hunger der sie zu plagen begann, brach sie von einem nahestehenden Strauch ein bezuckertes Ästchen ab, das sie unverzüglich in den Mund steckte. Aber da es kein Zucker war, wie es im Märchenlande hätte sein müssen, vielmehr genau so fade schmeckte wie wenn sie an einer Regenwolke geleckt hätte, deren Geschmack sie früher mit ihren englischen Gespielen öfters in dieser Weise untersucht hatte, so bemerkte sie wohl daß es doch die Erde sei auf welche sie verschlagen worden war. In den Betrachtungen über ihr bitteres Los, denen sie sich gerade von neuem hingeben wollte, wurde sie durch die barsche Stimme des Bauern gestört, der hinter einer Scheune herumkam um seinen Gemüsegarten zu besuchen und nachzusehen, ob der Frost seinem Kohl gut zugesetzt hätte.

»Ei, was will es denn unter meinem Kohl?« rief er grob. »Gewiß einige fette Stauden mitgehen heißen!«

Da er aber näher kam und das Englein so ganz nackt wie es vom Himmel gefallen dastehen sah, mit ungeordneten nassen Flügeln, triefendem Haar und einem ebenso triefenden blau gefrorenen Näschen, mit verweinten Augen und am ganzen Körper zitternd vor Frost, daß es sich in Gedanken über seinen Anblick vor sich selbst schämte, blieb er stehen und betrachtete sich das seltsame Wesen genauer. Und da er noch keinen Engel gesehen hatte, hielt er es für irgendeine seltene Art Federvieh, wie es vielleicht auf dem Monde zu Haus sein könnte. Er stellte also zunächst keine Fragen mehr sondern stieg mit einigen großen Schritten über die schmalen Beete, ergriff das Englein wie ein junges Gänschen bei den Flügeln und trug es so aus dem Garten über den Hof in die Stube, um das Wesen dort näher zu besehen. Dort erkannte er freilich daß es kein Vogel sei sondern eher ein Menschlein mit ein paar kleinen ihm sehr untauglich und unnütz vorkommenden Flügeln und so fragte er es, woher es komme. Das Englein aber schwieg darauf und konnte es nicht übers Herz bringen, zu sagen daß es ein Englein wäre und stracks aus dem Himmel käme; denn es fühlte gar wohl welch eine jämmerliche Figur es in diesem Moment abgab, und da gedachte es lieber insoweit inkognito zu bleiben. Da der Bauer also keine Antwort bekam, fragte er weiter, wie es heiße.

»Coelestina«, antwortete das Englein nach einigem Zögern gedehnt, wobei es sich auf den Fersen hin und her drehte.

»Coelestina?« sagte der Bauer. »Ach was, dummes Zeug! Coelestina ist überhaupt kein Name und außerdem viel zu lang.« Und indem seine Gedanken eine andere Richtung annahmen, fügte er, die kleine Gestalt mit den Augen von neuem überfliegend, hinzu; »Ich will dir etwas sagen: schön bist du nicht aber vielleicht nützlich.« Zu diesen Worten, deren Sinn Coelestina nicht verstand, dachte er sich daß er das Knirpslein, da er keine Kinder hatte, behalten wollte, damit es seine Gänse hüten oder seiner Frau, deren Augenlicht nachließ, mit seinen jungen Augen und zarten Fingern beim Linsenlesen behilflich sein könne. Denn Linsen und Sauerkraut war des Bauers Lieblingsgericht. Damit er aber sicher wäre daß das Englein ihm nicht wieder durch die Luft entwische, wie es durch die Luft in den mit Zäunen und hohen Hecken umgebenen Garten gekommen war, ergriff er eine große Schere, mit der er sowohl jene Hecken als die Flügel seiner Gänse zu verschneiden pflegte wenn diese die Gefahr des Entfliegens in sich zu tragen schienen, und stutzte dem Englein die Schwingen um ein solch beträchtliches Stück daß von ihnen kaum etwas übrig blieb als zwei kleine formlose Stümpfchen an den Schultern, Coelestina vor Schmerz ach! und weh! schrie und von neuem in ein herzzerreißendes Schluchzen ausbrach.

»So,« sagte der Bauer, ohne daß ihn das Gejammer mehr rührte als wenn ein Gänschen schrie, »jetzt siehst du schon etwas menschlicher aus. Nun heule mir nicht die Ohren voll; ich gebe dir auch einen hübschen und anständigen Namen.«

Darauf kam es nun freilich dem Englein in seinem Schmerz um den Verlust seines wichtigsten englischen Requisites weniger an; aber der Bauer verstand das nicht und dünkte sich beinahe gnädig, als er der weinenden Coelestina den Namen Anneliese verlieh, aus keinem anderen Grunde als weil seine Frau, die Bäuerin, auch so hieß und ihm also der Name am nächsten lag. Daß er wesentlich kürzer gewesen wäre wie Coelestina, kann füglich nicht behauptet werden; es kam aber dem Bauern so vor und also war es so.

Unterdessen trat auch die Frau in die Stube, die mit der Nachbarin ihren Morgenschwatz über das Wetter und das eine Ei beendet hatte welches ihre siebzehn Hühner bei der zunehmenden Kälte täglich legten. Sie war nicht in der besten Laune, da ihr die Nachbarin gesagt hatte, sie hätte am heutigen Morgen von ihren sechzehn Hühnern zwei Eier gehabt, und hielt dafür daß diese Sache nicht mit rechten Dingen zuging. Als sie daher das nackte schluchzende, nun in der Zimmerwärme ganz krebsrote Wesen zu Hause vorfand und der Mann ihr seine auf dasselbe gerichteten Absichten kund tat, brummte sie etwas vor sich hin, daß er auch etwas Besseres tun könne als hergelaufenes Gesindel in das Haus zu nehmen und er solle den Balg wieder auf die Landstraße jagen woher er gekommen sei. Da konnte sich aber Coelestina denn doch nicht mehr halten, nahm allen ihren Mut zusammen und sagte mutzig: »Ich bin nicht hergelaufen sondern hergeflogen, daß ihr es nur wisset!« Und da nun die Bäuerin, über diese Worte verwundert, auch noch die abgeschnittenen Flügel auf dem Boden herumliegen sah und die feinen Gliederchen des Kindes erblickte, sie auch von dem ersten Blatte ihrer Bibel die Abbildung eines Engels kannte die ungefähr dem Anblick der Coelestina entsprach wenn man sich vorstellte daß ihr die Flügel noch an den Schultern säßen, so ging ihr die Wahrheit schrecklich auf. Da zog sie aber erst recht über ihren Mann her: »Du alter gottvergessener Esel,« sagte sie, »du siehst natürlich in deinem Unverstand, den Gott dir verzeihen möge, nicht daß dies weder ein Mensch noch ein Vogel ist, wie du angenommen hast, sondern ein wirklicher leibhaftiger Engel vom Himmel, noch dazu einer mit

Goldspitzen an den Flügeln wie sie so selten sind. Das kommt aber davon daß du nie in die Kirche gehst und nie in unserer Bibel liesest; denn dann wäre dir's auf dem Titelkupfer schon aufgefallen oder der Pfarrer hätte dir einmal einen beschrieben. Ach Gott, ach Gott! Was soll man nun machen, da du ihm die Flügel abgeschnitten hast. Zusammenbinden hättest du sie sollen, daß er nicht entfliegen konnte, aber nicht so voreilig sein. Wenn wir den Engel in der Kirche an den Küster abgeliefert hätten der mit dem Herrgott so gut steht und ihm den Überläufer sicher wieder zugeführt hätte, dann hätten wir vom lieben Gott doch eine rechte Gnade erbitten können: daß die Kuh gut kalbt oder daß unsere Hühner auch so gut Eier legen wie die der Nachbarin. Aber so! In dem Zustande nimmt ihn der Herr ja gar nicht zurück.«

So zeterte sie mit langem Atem wohl noch eine halbe Stunde; aber währenddessen fand sich allmählich das Mitleid für das Los der kleinen Coelestina, welche noch immer nackt und traurig auf der Ofenbank saß, bei ihr ein, und im Grunde ihres Herzens hatte sie gar nichts dagegen, sie im Hause zu behalten und an ihr eine Hilfe in der Wirtschaft zu haben die ihr ermöglichte, die Morgenaussprache mit der Nachbarin noch länger auszudehnen als es ohnehin schon geschah. Nur wollte sie von sich aus den Vorschlag nicht gemacht haben, damit sie's ihrem Mann immer vorhalten könnte wenn es schief ausging. Diesen schickte sie nun mit der Weisung über die Straße, beim Strumpfwirker ein Paar starke Strümpfe und ein gestricktes Wämschen einzuhandeln und bei der Nachbarin ein Hemdchen ihres Buben auszuborgen, wozu sich der Bauer, froh dem Vorwurfshagel seiner getreuen Ehehälfte so auf gute Manier zu entgehen, schnell bereit fand. Unterdessen holte sie aus der Kammer einen dicken roten Wollrock den sie in früheren Zeiten auf dem Felde getragen und bis zu den Knien herauf verschlissen hatte, schnitt das nun unbrauchbare Stück ab und wickelte ihn dem Englein in mehrfachen Runden um die Hüften, so daß es dergestalt gleich mit mehreren Röckchen übereinander aus einem Stück bekleidet war. Darauf flocht sie die englischen Locken noch halbnaß zu zwei kurzen, starren Zöpfchen, in welche sie ihnen Halt zu geben noch zwei gelbe Zigarrenbänder einband die sie sich einmal von ihrem Manne für unbekannte Zwecke ausgebeten hatte. Anneliese unterwarf sich dieser ihr fremden Prozedur zwar wehmütig aber ohne Klagen, da sie nicht schmerzte, und bald strebten die steifen Flechten keck und selbstbewußt nach zwei verschiedenen Richtungen von ihrem Köpfchen ab, als ob sie damit eine Abneigung gegen den Nacken bekunden wollten den sie ja doch nicht erreichen konnten. Als sie dann nach kurzer Zeit in zwei schwarz und rot geringelten Strümpfen dastand, welche ihr viel zu lang und weit waren, ihr also in mehreren unförmigen Falten um die Beinchen lagen, so daß diese einen grotesken und geschraubten Anblick gewährten; als sie in ihrem wollenen Wämschen steckte, welches der Geschmack des Strumpfwirkers mit kleinen braungefleckten Muscheln als Knöpfen ausgeputzt hatte; als ihr dann endlich noch ein rotes Tuchkäppchen mit schwarzsamtnem Zwickel wie ein kleiner umgestülpter Nachen quer auf dem Kopfe saß, da fühlte sie sich etwas wärmer und geborgener. Zwar kratzten und kniffen sie die ungewohnten Kleider oftmals recht empfindlich; denn sie waren doch aus gröberem Stoff gemacht als die Garnierung von rosa Wölkchen die sie einzig im Himmel zu tragen gewohnt war, und auch das nur an Sonn- und Festtagen wenn die kleineren Engel mit an der langen Tafel sitzen durften, an welcher die elftausend Jungfrauen gespeist wurden. Aber was wollte sie machen: auf die Barmherzigkeit des heiligen Philippus konnte sie nicht warten, zumal da es unsicher war ob er überhaupt noch auf Erden wandelte; kalt war es, und so mußte sie die Kleider also nehmen wie sie waren. Als ihr aber nach kurzer Zeit die Bäuerin einen grauen heißen Reisbrei in einem irdenen Napf mit einem eisernen Löffel auf den Tisch stellte und ihr darüber eine wäßrige fettigtrübe Brühe goß, in welcher zwei Rosinen und eine winzige vertrocknete Birne schwammen, im Geschmack nicht von dem ihr anhaftenden Stiel zu unterscheiden, da fing sie von neuem an zu weinen; denn sie mußte an die herrliche himmlische Tafel denken mit den silbernen Bestecken und goldenen Tellern und an die weißschimmernden Reisspeisen mit ihren Saucen aus Himmelblau und Regenbogenorange. Aber schließlich ging es ihr auch hier wie hei den Kleidern: Hunger hatte sie und anderes bekam sie nicht. Auch den Strohsack, welchen die Bauersleute ihr am Abend in eine Ecke der Kammer als Lager warfen, mußte sie am Ende ruhig hinnehmen, obwohl er keinen Vergleich mit den himmlischen Betten der Englein aushielt, die mit den feinsten frischgefallenen Schneeflocken gefüllt waren.

Da die Bauersleute in ihrer Weise gutherzig mit Anneliese ver-
fuhren, so faßte sie sich in den nächsten Tagen mehr und mehr,
zumal da sie die Hoffnung hegte daß ihr Aufenthalt auf Erden nicht
allzulange währen würde. Sie hatte nämlich die Worte der Bäuerin
wohl im Gedächtnis behalten, die sie an den Küster zur Weiterbe-
förderung in den Himmel hatte abliefern wollen. Also glaubte sie
daß die Bäuerin, wenn nur erst einmal die Flügel wieder gewachsen
wären, sich auch später wohl noch zur Ausführung dieser Absicht
verstehen würde. Aber in dieser Hoffnung sah sie sich bitter getäuscht. Nicht als ob die Bäuerin nicht nach ihren Worten hätte
handeln wollen; aber die Flügel wuchsen dem armen Englein nicht
wieder; der täppische Bauer hatte mit den Federn auch ihren Le-
bensnerv durchschnitten und statt von neuem zu wachsen und
kräftiger und größer zu werden als die verlorenen, wie es sie für
eine im Notfall auszuführende Flucht von der Erde die es so fest-
hielt, benötigt hätte, schrumpften sie nun mehr und mehr zusammen und bildeten am Ende nur noch ein Paar kaum fühlbarer
Wülstchen. Somit unterschied sich Anneliese bald nicht mehr von
den anderen Kindern des Dorfes als höchstens in ihrem Betragen,
das darauf hinweisen mochte daß sie einst bessere Tage gesehen,
und in dem kleinen Stückchen Himmelsglanz das im Hintergrund
ihrer Augen zurückgeblieben war.

Als Anneliese die Entdeckung machte daß ihre Flügel nicht wieder wuchsen, da wußte sie daß ihr Schicksal besiegelt sei und nur
ein Wunder sie retten könne. Einige Tage vergoß sie neue Tränen
und da sie den Bauersleuten nicht mit ihren Klagen lästig fallen
wollte, ging sie hinaus hinter das Haus, wo zwischen den Hecken
auf einem Stück Wiese die Hühner pickten und in einer Lache die
Gänse zusammenhockten. Denen klagte sie ihr Leid, oft und lange;
und die Hühner waren ganz entsetzt darüber, liefen bestürzt umher
und riefen einander zu: »Ach Gott, ach Gott; ach wie arg! Ach Gott,
ach Gott; ach wie arg!« Der Hahn aber schrie zum Himmel empor,
als ob er mit seinem Krähen den heiligen Petrus, dem der Hahnen-
schrei noch von seinen Erdentagen unangenehm sein mochte, hätte
anklagen wollen. Die Gänse dagegen saßen teilnahmlos beisammen
und machten nur immer die gleiche kurze schnoddrige Bemerkung,
als ob sie sagen wollten daß da nichts zu machen sei. Da nun der
Bauer Anneliese mehrfach auf diesem Wiesenstück bei dem Geflü-

gel angetroffen hatte, war er sehr zufrieden daß sie, wie er vermeinte, sich ohne Murren dem Hüten der Gänse unterzog, die zuvor oft genug nach dem Dorfteich ihre Wanderung unternommen hatten und von dort immer nur mit Schwierigkeiten unter protestierendem Geschnatter nach Hause hatten gejagt werden müssen. Anneliese war es auch ganz recht so; denn auf dem Grasplatze konnte sie wenigstens still für sich ihren Gedanken nachhängen und sie an eine zum Himmel steigende Lerche oder einige weiße Wölkchen anheften die sich in der Höhe allmählich verloren. Dort war sie auch geschützt vor den Bauernkindern, welche sie groß und dumm anzusehen pflegten wenn sie vor das Haus trat. Ab und zu kam zwar der Junge der Nachbarin herüber, um mit ihr zu spielen; aber sie mochte ihn nicht, da er immer schmutzige Füße hatte und zerrissene Höschen, auch öfters, wenn gerade niemand zugegen war, das Fingerchen in die Nase steckte; und da sie nicht auf seine Spiele einging, so fand er sie bald langweilig und unterließ seine Besuche.

So blieb Anneliese bei den Bauersleuten eine lange Zeit; viele Jahre. Aber obgleich sie während dieser ganzen Zeit mit niemandem über ihre himmlische Herkunft und Heimat sprach, da sie wehmütig daran dachte wie geringes Verständnis die Gänse für ihre Geschichte gehabt hatten und demzufolge annahm daß wenn die Vögel ihr keine Teilnahme bezeugten, dies von den Menschen noch weniger zu erwarten sei, so blieb bei ihr doch unvermindert die Sehnsucht bestehen, endlich wieder in den Himmel zurückzugelangen. Und wenn sie der liebe Gott nicht kraft seiner Allmacht wieder zu sich empornahm, so vermeinte sie daß das nur geschehe, um sie eine kürzere oder längere Zeit für ihre Unachtsamkeit zu strafen, und murrte nicht darüber. Ihr liebster Aufenthalt aber blieb die kleine Wiese hinter dem Hause, weil sie da im Schatten der Hecke auf dem Rücken liegend ungestört in ihren lieben Himmel hineingucken konnte; doch je tiefer sie in ihn hineinblickte desto tiefer wurde ihre Sehnsucht.

Da begab es sich – Anneliese mochte nun ungefähr das Alter von zwölf Jahren erreicht haben – daß in einem benachbarten Dorf der Jungfrau Maria eine neue Kirche geweiht werden sollte; und der Herr Pfarrer hatte dazu von der Kanzel der alten baufälligen

Dorfkirche, welche abgebrochen werden mußte, die heilige Jungfrau selbst durch Gebet für den kommenden Sonntag eingeladen, damit ihr Segen auf dem neuen Hause und seiner Gemeinde ruhe. Der Pfarrer hatte diese Einladung freilich mehr bildlich aufgefaßt; Maria aber, die lange nicht auf der Erde gewesen war, nahm es tatsächlicher mit ihr und bereitete sich, der Weihe ihres Kirchleins beizuwohnen. Da aber in dieser Zeit die Welt nicht mehr an Wunder gewöhnt war, die heilige Jungfrau auch im Laufe der Jahre von sinnfälligen Wundertätigkeiten mehr und mehr abgekommen war, so nahm sie die Tracht einer ehrsamen Bürgersfrau wie sie wohl an Sonntagen aus der Stadt in die Ortschaften hinauskommen um die ländlichen Armen zu besuchen. So gedachte sie unauffällig und unerkannt wieder einmal auf Erden wandeln zu können. Solcherweise verkleidet ließ sie sich in den ersten Morgenstunden einer milden Frühlingsnacht, die dem Weihesonntag vorausging, auf der Sichel des Mondes sanft zur Erde nieder, die sie in einem stillen Tannenwald erreichte in welchen der Mond leisen Fußes hinabstieg. In dem frischen erdeduftigen Morgen wurde ihr der Weg nicht zu lang zu dem Dorf, das sie schon aus weiter Ferne an dem in der Sonne blitzenden neuen goldenen Wetterhahn auf dem Turm der neuen Kirche und an den langen Wimpeln und Blumengewinden erkannte die von diesem herabhingen. Die Feier der Weihe verlief schlecht und recht. Der Pfarrer und die Bauern taten ihr Bestes dazu. Maria aber gewährte es eine heimliche Freude, statt den Andächtigen in der Glorie der Himmelskönigin zu erscheinen wie sie es früher gewohnt gewesen, lieber an den Herzen einiger Blinden und Armen bald durch ein tröstendes Wort bald durch ein Almosen ihre Wunder im stillen zu erweisen; und sie erschienen ihr größer und schöner als viele derer welche die Legenden ihr nachsagten. Da nun die Kirchweihe kurz nach Mittag zu Ende war und sie ohne Begleitung an den späteren Belustigungen der Menge nicht teilnehmen wollte, sie aber noch eine Anzahl Stunden vor sich hatte bis die zum Himmel aufsteigende Mondsichel ihre Rückkehr erlaubte, so erging sie sich noch ein wenig planlos und gelassen in den Feldern und den anliegenden Dörfern. Da, als sie der Weg gerade an einer wohlbeschnittenen hohen Rotdornhecke entlang führte, vernahm sie hinter dieser eine reine himmlische Stimme die zu einer himmlischen Melodie halblaut die folgenden Worte sang:

Wenn ich ein Prinzlein wär'
von Gottes Gnaden
hätt' ich ein prächtig Haus,
Diener, Soldaten;
hätte ein herrlich Kleid
silberbeladen;
wenn ich ein Prinzlein wär'
von Gottes Gnaden.

Da ich ein Englein bin
von Gottes Gnaden
bin ich auf Erden hier
kummerbeladen.
Keiner gibt 'was dafür
würd' ich verraten
daß ich ein Englein bin
von Gottes Gnaden.

Bei den ersten Worten des Liedes war die Jungfrau lauschend stehen geblieben, und da sie den Gesang wie die Melodie sehr wohl als nicht von dieser Welt erkannte, ahnte sie daß sie da eine Entdeckung machen würde die sie wohl etwas anginge. So schritt sie, während die himmlische Stimme die zweite Strophe nochmals etwas leiser vor sich hin sang, bis zum Ende der Hecke an dem Haus vorüber durch den Hof und fand sich bald auf dem kleinen Grasplatz Coelestina gegenüber. Diese erkannte sie sofort an den himmlischen Augen und an ihrem Wuchs, und nichts war natürlicher als daß sie jetzt die Stunde der Erlösung aus ihrem Erdendasein gekommen glaubte. In ihrer Freude konnte sie sich gar nicht fassen und erzählte ihre Erlebnisse in solch einem krausen Gedankengewirr daß die Mutter Gottes davon ganz benommen war und am Ende von Coelestinas Erzählung genau so atemlos dastand wie diese selbst. Das eine freilich war klar genug: der in einer Fülle von Wendungen, zärtlichsten Bitten, Bestürmungen und Umhalsungen sich immer wiederholende Wunsch Coelestinas, die Jungfrau möge sie alsbald mit sich in den Himmel emporheben. Die Mutter Gottes war eine besonnene Frau und sagte dem Mädchen daß das so ohne weiteres nicht ginge; denn als arme Sünderin wolle und könne sie doch füglich nicht im Himmel umherlaufen, und was wolle sie dort droben als Engel ohne ein Paar Flügel wie solche die himmlische Vorsehung vorschrieb und verlangte? Zudem sei der Mond noch viel zu schwach, um sie auch nur bis an das Himmelstor mitzunehmen, und habe schon bei seinem nächtlichen Abstieg unter ihrer eigenen Last ein schiefes Gesicht gemacht. Da nun, wie Coelestina geschildert habe, die ihr von der himmlischen Vorsehung auf Lebenszeit verliehenen Flügel nicht mehr wüchsen, sei guter Rat teuer. Doch hoffe sie daß vielleicht der heilige Martin, der die himmlische Rüstkammer unter sich habe, auf ihre Vorstellung ihr ein Paar von denjenigen Flügeln ausliefern würde welche für die frommen Kinder der Menschen bestimmt seien die nach der Auferstehung zu Engeln erhoben würden.

Mit diesem Trost nahm sie Abschied von Coelestina, die bei den ersten Worten ganz traurig geworden war, nun aber neuen Mut schöpfte und es wagte, sie anzuflehen daß sie doch ihre himmlische Majestät beiseite setzen und den heiligen Martin recht inständig um das Paar Flügel bitten möge; denn ihrem bittenden Auge könne niemand etwas abschlagen. Da lächelte Maria, versprach am übernächsten Tag, wenn der Mond sich senkte, wieder zu kommen und schritt nach Osten davon dem Orte zu, wohin sie die Mondsichel bestellt hatte die sie zum Himmel tragen sollte.

An jenem Abend saß Anneliese noch spät, als es schon ganz dunkel geworden war, an ihrem Platz auf der kleinen Wiese und blickte dem Monde nach, wie er so sanft und stetig zum Himmel emporstieg; und auf ihm stehend glaubte sie in einem feinen duftigen Glanz die Gestalt der Himmelskönigin zu sehen bis sie samt der Sichel unter ihren Füßen hinter einer Wolke verschwand.

Am andern Morgen ließ die Mutter Gottes dem heiligen Martin sagen, ob es ihm genehm sei daß sie am Nachmittage die himmlische Rüstkammer besichtige die sie noch nie gesehen hätte. Denn mit ihrem Anliegen wollte sie erst an Ort und Stelle herausrücken, da sie vermeinte, sie könne ihm dort besser zusetzen und ihn ein wenig in die Enge treiben wenn er Schwierigkeiten machen sollte. Martin, der seine Kammer wohl in Ordnung wußte, ließ ihr vermelden daß er ihr zu Befehl stände und sie erwarten würde. So begab sie sich am Nachmittage in die himmlische Rüstkammer. Martin empfing sie voll Ehrerbietung an der Türe, und der Hauptmann von Kapernaum, der ihm zur Hilfe beigegeben war und die Kammerabteilung für die himmlischen Heerscharen unter sich hatte, war auch da. Da standen nun in langen Reihen die Posaunen des Jüngsten Gerichts und die Lanzen der Reiterei und ihre Kürasse; und von der Decke hingen die Heiligenscheine in einem Schließringe vereinigt; die feurigen Schwerter der Erzengel aber hingen etwas gesondert hinter einem eisernen Vorhang, damit kein Unglück geschehe. Auf einem Sims über der Tür sah Maria die zehn Lampen der klugen und törichten Jungfrauen, und dann kam ein Himmel voller Geigen und ein langer Gang mit Palmenwedeln; aber in einem besonders langen Raum waren Tausende und Tausende von Engelsflügeln wie die Dachziegel auf dem Boden aufgestellt, einer hinter den andern gelehnt. Als die heilige Jungfrau dort mit Martin allein war, fragte sie ihn, ob er ihr nicht ein mittelgroßes Paar dieser Flügel ablassen könne. Der heilige Martin, etwas erstaunt, verneinte dies indes. Da wurde sie dringlicher und dringlicher und redete lange Zeit auf ihn ein, daß er ihr die Flügel lassen müsse, da er sich wohl denken könne daß sie dieselben für einen guten Zweck brauche. Aber es half nichts, Martin blieb fest bei seiner Weigerung. In aller Ehrfurcht, so sagte er, müsse er den Wunsch ihrer himmlischen Majestät versagen; denn das sei in einem geordneten Gemeinwesen mit stehenden Heeren unbedingt das wichtigste daß die Kammer stimme. Das habe er von den kriegführenden Mächten aller Zeiten gelernt. Und wenn bei der nächstjährigen ökonomischen Musterung auch nur eine von den numerierten Schwungfedern fehle, koste es ihn den Heiligenschein, geschweige denn wenn ein ganzes Paar Flügel nicht zur Stelle sei. Falls, was er nicht wissen könne, die heilige Jungfrau die Flügel nur zum Theaterspielen brauche, so verwahre er in der Ecke noch ein altes griechisches Modell das er von seinem Vorgänger übernommen habe; sie seien von einem gewissen Ikarus, entsprächen aber nicht den Anforderungen die heutzutage an das Fliegen gemacht würden sondern seien nur eine Spielerei.

So verabschiedete sich die Jungfrau Maria unverrichteter Sache von dem gestrengen heiligen Martin und bewegte das Schicksal Coelestinas in ihrem Herzen. Aber sie fand keinen Ausweg. Den Gedanken, Gott zu bitten daß er sich seines Engels annehme, verwarf sie schon aus dem Grunde, weil sie ihm den Kummer über die Pflichtvergessenheit des heiligen Petrus ersparen wollte; außerdem aber hatte der himmlische König sich vor nicht zu langer Zeit alle Bittgesuche von Himmelsbewohnern, da sie immer mehr überhandnahmen, durch ein besonderes Betteleigesetz verbeten in dessen Eingang es hieß daß, da im Himmel alles nach seiner Allwissenheit vollendet eingerichtet sei, insoweit von niemandem der seine Einrichtungen genieße etwas zu bestellen sei. Er könne daher das Recht von Bittgesuchen nur den Menschen in ihrer Hilflosigkeit zubilligen, und auch dann nur, wenn sie ihm unmittelbar vor seinen Thron gebracht würden; irgendwelche Vermittler aber wolle er nicht anhören.

Dieses göttlichen Willenserlasses eingedenk behielt Maria ihre Entdeckung und ihr Anliegen für sich und am Ende nach langem Überdenken fand sie auch für Coelestina einen Ausweg; einen harten bittern Ausweg, aber sie beschloß ihr ihn mitzuteilen. Wie sie es versprochen stieg sie in der nächsten Nacht wieder zur Erde hinab und fand Coelestina ihrer wartend. Als diese sie ohne die erhofften Flügel auf sich zuschreiten sah, da bestürmte sie sie mit tausend ängstlichen Fragen auf deren manche Maria die Antwort schuldig bleiben mußte. Da sie aber in ihrer Verzweiflung sagte, sie könne es kaum glauben daß Gott von ihrem Schicksal wisse, denn so hart sei er nicht, sie für eine kindliche Unachtsamkeit so schwer büßen zu lassen, da verwies ihr die heilige Jungfrau zwar solche Reden konnte aber keine ganz ausreichende Erwiderung darauf finden. Mit der göttlichen Allwissenheit, so erklärte sie etwas aus ihrem Gleichmut gebracht, verhalte es sich derart daß Gott ohne Zweifel alle Dinge auf Erden wissen könne; es aber wohl einmal vorkomme daß er gewisse Dinge nicht wissen wolle, und noch öfter daß er sie in ihrer Erledigung hinter andere wichtigere zurückstellen müsse. Gerade jetzt könne dies wohl nicht nur auf ihr Schicksal allein Platz greifen, da der Herr durch irdische Angelegenheiten aufs äußerste in Anspruch genommen sei, indem eben einmal wieder, wie er ihr jüngst mitgeteilt, allenthalben die Völker aufeinander platzten, von denen jedes ihn zum Helfer in seiner gerechten Sache anrufe. Allen aber müsse geholfen werden. Und wenn in ihrem Gottvertrauen die Menschen so große, ja schier unerfüllbare Dinge von ihm erbäten, welche Wünsche zu erfüllen ihm oft recht schwer würde, so könne er sie doch nicht ganz damit im Stich lassen.

Da merkte Anneliese wohl daß ihr kleines Los hinter so wichtigen Dingen welche die Welt bewegten zurückstehen müsse und war um so begieriger, nun den Rat der heiligen Jungfrau zu vernehmen den diese ihr beim Beginn ihres Besuches angekündigt hatte. »Mein Kind,« sprach Maria, »es gibt für dich keinen andern Weg, von dieser Erde wieder in den Himmel zu gelangen, als den welchen alle diejenigen zu diesem Ziele beschreiten müssen die auf ihr wallen: daß du nämlich den Tod erleidest und nach der Auferstehung durch das Himmelstor eingehst, das sich dir kraft der Leiden meines Sohnes nicht verschließen wird. Weine nicht,« fügte sie hinzu, als sie Tränen in Coelestinas Augen sah, »denn siehe, das irdische Leben ist kurz im Vergleich zu der ewigen Seligkeit des Himmels. Bedenke daß auch ich es in Kummer getragen und es der Heiland in Leiden geendet hat, während außer Gott dem Vater nur ihr himmelseingeborenen Englein diese Bürde nicht auf euch zu nehmen braucht. Wenn du solches als eine unverdiente himmlische Gnade erkennst, mag das dir deine Prüfung leichter machen.«

Da wurde Coelestina stille und schluchzte nur manchmal noch ein wenig und dankte Maria für ihre Worte. Und diese nahm endlich von ihr Abschied; nicht ohne ihr zum Trost zu versprechen, solange ihr Leben währe, alle sieben Jahre, wenn die Sichel des Mondes das erstemal nach Frühlingsanfang am Himmel sichtbar sein würde, zur Erde hernieder zu steigen und sie mit ihrem Trost und wenn sie in Not wäre mit ihrer Hilfe aufzusuchen.

Von Stund' an war das ganze Leben Annelieses, alle ihre Gedanken, ihr Sehnen und ihre Träume auf den Tod gerichtet. An der Schönheit dieser Welt ging sie wie an etwas Unnützem vorüber und eine Freude verachtete sie wie einen Umweg, der sie von ihrem Ziel abführte. Obwohl ihr der Tod ein leises geheimnisvolles Grauen einflößte, so sehnte sie ihn doch herbei wie einen unumgänglichen Schmerz, den man je eher je leichter erträgt. Und ihr Verlangen zu sterben war bald so groß daß sie darüber nachsann, wie sie den Tod näher zu sich heranzwingen oder ihn finden könne, wenn er sie nicht finde. Nicht daß sie jemals daran dachte, von sich aus das Leben wegzuwerfen; denn sie wußte daß dies ebenso verächtlich sei wie Brot in den Staub der Straße zu treten. Aber sie wußte auch, daß es Helden gab die ihren Tod in der Schlacht suchten, und mutige Männer die ihr Leben für das anderer oder für ein großes Ziel aufs Spiel setzten, und ihr eigenes Ziel dünkte ihr mindestens so groß als irgendeines auf Erden. So begann sie nach einiger Zeit, wo immer im Dorfe ein Schwerkranker an einer ansteckenden todbringenden Krankheit darniederlag, in dem Hause allerhand Hilfeleistungen zu verrichten und, soweit ihr das in ihrem jugendlichen Alter erlaubt wurde, in der Heilanstalt auf der Höhe, wo die vielen hoffnungslosen Lungenkranken gepflegt wurden, zu kleinen Handreichungen ab und zu zu gehen; und da den Kranken ihre geräuschlose sanfte Gegenwart angenehm war und sie häufig zu bleiben gebeten wurde, so war sie oft viele Stunden des Tages mit ihrer Hilfe um sie am Orte des Todes und der Gefahr.

Unter solchen Gewohnheiten war Anneliese siebzehn Jahre alt geworden und ein zwar zartgliedriges und feines aber früh entwickeltes und widerstandsfähiges Mädchen. Da genügten ihr die unregelmäßigen und unvollkommenen Versuche dem Tode zu begegnen nicht mehr, sondern sie bat den alten Bauern, welcher sie seither wie eine Pflegetochter gehalten hatte, um die Erlaubnis, in die große Stadt gehn zu dürfen, damit sie dort die Kunst und die Pflicht einer Krankenpflegerin von Grund auf lernen könne die sie hier nur planlos und ungenügend auszuführen in der Lage sei. Der Alte wollte sie erst nicht ziehen lassen, da ihm ihre häuslichen Dienste zustatten kamen, und meinte, es sei nützlicher und wichtiger, seiner Frau im Hause beizuspringen die schon zu alt geworden sei, um alles ohne Hilfe zu verrichten. Die Bäuerin aber, welche die Worte durch die offene Küchentüre gehört hatte, verbat sich mit Nachdruck, das heißt mit schreiender Stimme, daß man sie zum alten Eisen werfe und unterstützte schon in gekränkter Frauenehre und zur Bekräftigung daß sie sich auch allein helfen könne den Wunsch Annelieses, womit derselbe denn auch erfüllt war. An einem der nächsten Tage verließ sie das stille Dorf, die guten Leute, den kleinen ihr lieb gewordenen Rasenplatz, wo ihr die Mutter Gottes erschienen, und ihre Hühner und Gänse, denen es keinen Eindruck machte daß sie fürderhin der Hut eines Engels entbehren sollten unter der sie bisher gestanden.

In dem großen Krankenhause der Stadt lernte sie bald alles das was ihr die Türen in die Krankenstuben derer öffnete welche dem

Tode geweiht waren. Dort fühlte sie sich an ihrem Platz; dort ergriff sie sogar jene eigentümliche innere Heiterkeit und äußere Sonnigkeit, wie sie ein Mensch zeigt welcher gewiß ist daß seine Arbeit ihn zum vorgesteckten Ziele führt. Diese Gewißheit gab ihr die Ausdauer, gab ihr die Unermüdlichkeit, gab ihr die Hingebung, die Sanftmut, die Geduld welche ihr Beruf erforderte und gab ihr ebenso diejenigen Eigenschaften die ihn zu einer Kunst machen. Ihre Nähe war wie ein leises wohltätiges Fächeln, ihr Tritt unhörbar, als ob sie wirklich noch mit ihren englischen Flügeln daherschwebte, die Berührung ihrer schmalen guten Hände kühlte die fiebernden Stirnen und ihre Stimme war wie die Melodie eines sanften wohligen Wellenschlags am Ufer eines sonnigen Sees. Wenn sie sich aber über ihre Kranken beugte, besorgt ihre letzten Atemzüge zu erhaschen oder ihren letzten Wunsch aus ihren brechenden Augen zu lesen, dann war es ihnen in der Tat, als ob sie in das Antlitz eines Engels sähen der ihnen vom Himmel zum Beistand in ihrer schwersten Stunde gesandt war. So oft sie aber bei diesem Leben tödlicher Gefahr oder dem Tod selbst begegnete: nie streckte er nach ihr den Arm aus, sie verfiel nie auch nur einer der Krankheiten welche sie umgaben. Es schien als ob sie gegen alles das gefeit sei, als ob sie aus einem anderen, unantastbaren, reineren Stoffe geschaffen sei als die Menschen, an welchem die Schädlichkeiten abprallten wie Holzpfeile an der geglätteten Wölbung eines metallenen Schildes.

Als Anneliese im Beginn ihres neunzehnten Jahres stand, wurde sie eines Abends an das Bett eines jungen Baumeisters gerufen welcher an einem mörderischen Fieber erkrankt war. Er hieß Frohmut und lag in einem von der Straße abgelegenen Hause, das auf stille, alte Gärten hinaus und in dessen Fenster die Märzsonne, so viel sie es konnte, hineinsah. Seine Sache stand schlecht; eine beständige Unruhe, welche immer von neuem die leisen Ansätze einer Heilung zerstörte, durchwühlte ihn und sein lebhafter Geist fand nicht den Schlaf, den der ermattete Körper so dringend brauchte. Die Ärzte hatten ihn aufgegeben und erhofften auch nichts mehr von dem vorgeschlagenen Wechsel einer Pflegerin und Annelieses Berufung, die sie nur geschehen ließen, damit auch scheinbar Gleichgültiges nicht versäumt würde. Aber als Anneliese einige Tage um den

Kranken war, legte sich seine Unruhe und damit die schlimmsten
Stürme des Fiebers; und seit der Zeit besserte sich sein Zustand
langsam. Sie mochte sich keine Rechenschaft darüber geben, ob ihre
Gegenwart diese Wandlung bewirkt hätte, aber bald genug hatte sie
erkannt was ihm Ruhe gab; und so saß sie denn häufig gegen
Abend an seinem Lager, hielt seine Hand still in der ihren und
summte ihn mit einer jener himmlischen Melodien welche heiter
und ernst in einem sind in den Schlaf. Nach Wochen aber, da sich
seine Kräfte allmählich gehoben hatten, begann sie ihm mit halblau-
ter Stimme zu erzählen, und es war ihre eigene Geschichte die sie
ihm als ein Märchen erzählte. Sie sprach ihm von der Heiterkeit des
Himmels; von dem goldenen Gitter das ihn umschloß, von dem
Wolkenteppich, den langen weißgedeckten Tischen an denen die
Himmlischen speisen, von den Engelschören und himmlischen
Konzerten und vom himmlischen Dom in welchem man so aus
freier Brust atmen und frei emporblicken könne ohne Schwindel zu
bekommen wie in vielen Kirchen dieser Welt; und er sei, sagte sie,
so heiter und frei und auch so stark und weihevoll wie ein hoch-
stämmiger grünender Buchwald im Sonnenlicht. Da sie nun bei
diesen Worten sein Auge leuchten sah und er sie bat, das von dem
Dom genauer auszuführen, so beschrieb sie ihm alles aufs bestimm-
teste, Säulen und Bogen, Wölbungen und Gesimse, Nischen und
Chor, so daß er es hätte zeichnen können. Als sie aber gegen das
Ende ihrer Geschichte kam, da vergaß sie sich ein wenig und erzählte ihm auch, wie sie so ganz von dem Wunsch nach jenem
Himmel, den sie im Tode gewinnen solle, erfüllt sei daß ihr die Welt
keinerlei Freude darbieten könne. Wie könne der beständige Wechsel von Sommer und Winter, die Vergänglichkeit der Blumen, die
Stürme selbst der edelsten Leidenschaften in den Herzen der Menschen und ihre Kämpfe selbst für die höchsten Dinge dieser Welt –
alles Vorgänge an denen, wie sie wisse, selbst gute Menschen ihr
unvorstellbare Schönheiten fänden und genössen – für die irgend-
einen Reiz haben deren einziges Ziel die ewige himmlische Bestän-
digkeit und Harmonie sei.

Als sie mit diesen Worten geendet hatte, erschrak sie ein wenig,
denn Frohmuts Hand zitterte in der ihren und er schien etwas zu
unterdrücken was er ihr hatte sagen wollen; und während er sonst
durch ihre Lieder oder Worte immer erheitert schien, ging heute ein

Schatten über seine Züge. Er war die nächste Zeit nachdenklich und still; und Anneliese glaubte zu bemerken daß seine Augen öfter als früher auf ihr ruhten.

Aber eines Tages, als wiederum die Abendsonne ihre schrägen Strahlen in das Zimmer schoß bis auf das Bett in der Tiefe, und Frohmut wieder die Hand Annelieses hielt die bei ihm saß, da begann er zu erzählen: von sich und seinem Leben. Es war ein starkes, ein stürmisches, ein beinahe brausendes Leben in welches da Anneliese hineinsah, voll von einer gewaltigen, fast wilden Lebensfreudigkeit, daß es ihr bei seinen Worten ganz angst und bang wurde. Und er beschrieb ihr die Schönheit dieser Erde so glühend, so gewaltig, so als das einzigste reinste Erlebnis daß sie ihm beinahe glaubte, wie schön es sei zu leben und wie bitter zu sterben. Er wollte es sie lehren, die Schönheit des Frühlings und des Winters, die Schönheit der Blumen und der Tiere, die Schönheit des Menschen und seiner Gefühle zu erkennen; und einmal werde er sie auf einen hohen Berg führen, wo sie mit ihm herabblicken würde auf das Meer; auf das wogende Meer in seiner Kraft und seiner Unendlichkeit und auf nichts anderes als das Meer; und sie würde nicht müde werden, darauf zu schauen, und das sei so schön daß der Mensch in die Knie sinken müsse vor dieser Schönheit und sein Gesicht mit den Händen verhüllen, damit er von ihr nicht geblendet würde.

Da wurde es Anneliese eng und sonderbar zumute, und sie geriet in Angst daß Frohmut in sein Fieber zurückfiele. Der aber fuhr fort und erzählte von sich und seiner Jugendzeit und schonte sich nicht, sondern sprach von seinen Verfehlungen die er begangen, und seinen Fehlern die er jetzt noch besitze, und von den Mängeln in seiner Kunst; und dies alles so daß Anneliese bald sah, wie er nicht im Wahn redete sondern es ihm bitterernst mit seinen Worten sei. Denn er sagte daß, wie ihm in seinen Gedanken nichts zu hoch und in seinen Gefühlen nichts zu wild gewesen sei, auch seine Bauwerke darunter litten, daß kein Gewölbe ihm hoch genug, kein Säulenbündel ihm stark genug, kein Sims ihm wuchtig genug und kein Bogen ihm kühn genug gewesen wäre, so daß seine Bauten kein wohltuendes Empfinden auslösten, also nicht harmonisch sein könnten. Da aber seine Kunst nur ein Ausdruck seiner selbst sei, so könne sie daraus seine eigene Unzulänglichkeit wohl am augenfälligsten erkennen.

Und da sie nun alles von ihm wisse, auch alle seine Fehler kenne, so habe er nun den Mut, sie zu fragen, ob sie in ihrer himmlischen Harmonie ihm das geben wolle was er zwar unablässig gesucht aber nie gefunden, und ob sie ihm folgen wolle für immer. Denn er habe sie lieb gewonnen in langen stummen Wochen und liebe sie nun, nicht in einer auflodernden Flamme sondern in einer stillen, tiefen Glut, wie ein Mann nur einmal lieben könne in seinem Leben.

Als er so geendet hatte, wurde Anneliese sehr traurig, denn sie sah wohl, welche starke und edle Seele da um sie warb. Aber sie wußte auch daß sie ihn nicht wiederlieben könne; denn da sie ein Engel war, kannte sie die irdische Liebe nicht und wußte sich ihrer unfähig; ebenso unfähig wie etwa eines Verbrechens.

Also sagte sie ihm das schweren Herzens. Frohmut antwortete nichts darauf, sondern sagte nach einer Weile traurig und fast tonlos, er habe sie in all den langen Wochen mit seinen Gedanken so umsponnen und umfaßt daß sie nun in der Tiefe seines Herzens gebettet liege wie ein schöner Kristall in einer Steindruse; den Kristall aber werde man nicht wieder aus seiner Umhüllung lösen können ohne diese zu zerschmettern.

Nach einigen Tagen stellten die Ärzte einen Rückgang seiner Kräfte fest, für den sie keinen Grund erkennen konnten. So siechte Frohmut von Stund' an dahin. Aber er hörte nie auf zu hoffen, und so oft Anneliese zu ihm trat, blickte er forschend und bang in ihr Auge. Sie jedoch war verzweifelt vor Angst und Schmerz, denn sie wußte wohl daß Frohmut sich in Liebe zu ihr verzehre wenn sie bleibe, und fürchtete daß es ihn ebenso töten könne wenn sie ihn verließe. Also erwartete sie ungeduldig und ratlos den Besuch der Jungfrau Maria, den sie ihr vor sieben Jahren angekündigt hatte; denn schon stand der Mond im letzten Viertel, und in wenigen Tagen, einen Tag nach dem Neumond, war Frühlingsanfang.

Da kam die Jungfrau zu ihr wie sie es versprochen, aber als sie Anneliese in solcher Not und Angst sah, als diese ihr vorstellte daß sie nun das Entsetzliche tragen müsse, an dem Tod eines guten und lebensfrohen Menschen schuldig zu werden, da sah Maria wohl daß es an der Zeit für sie sei zu handeln. Sie versprach ihr also, bei Gott selbst ihre Sache zu vertreten und fuhr gen Himmel. Unterwegs aber schalt sie den Mond, daß er sich nicht mehr beeile, obwohl es ihr eigentlich nicht darauf ankommen durfte, da sie den lieben Gott doch vor Anbruch des nächsten Morgens nicht sprechen konnte; und der Mond ließ es sich auch nicht anfechten sondern zog seinen Weg.

Als die Jungfrau nun am Himmelstor angelangt war und der heilige Petrus ihr geöffnet hatte, da tat es ihr doch leid daß das himmlische Strafgericht, welches sich notwendig über ihn ergießen würde wenn sie Gott von allem Geschehenen Mitteilung machte, sein altes Haupt so völlig unvorbereitet treffen solle, und sie beschloß daher, ihm eine Warnung zukommen zu lassen. Sie fragte ihn also, mit in sein Torhüterhaus eintretend, ob er ihr nicht angeben könne, wie lange der Engel Coelestina, den sie bei ihrem letzten Ausgang auf Erden getroffen, dorthin abbefehligt sei. Petrus konnte sich anfänglich des Namens nicht entsinnen und mußte viele Seiten in dem Ausgangsregister zurückblättern bis er ihn fand. Die Datumsangabe aber rief ihm die ganze schreckliche Wahrheit ins Gedächtnis zurück und als er der Jungfrau antwortete, der Vermerk laute auf unbestimmte Zeit und die Sache müsse jedenfalls ihre Richtigkeit haben, da klang seine Stimme etwas zitterig. Nunmehr war Maria der ganze Zusammenhang klar; sie verließ ihn indessen ohne mehr zu sagen. Petrus aber sprang im Verlauf der Nacht mehrfach von seinem Lager auf und lief hastig zur Türe hinaus; und wenn er dann auch immer bald zurückkehrte und sich wieder niederlegte, so hatte er doch eine schlaflose Nacht.

Am andern Morgen, noch bevor der Herrgott an seine Regierungsgeschäfte ging, trug ihm Maria die ganze Sache vor. Das Benehmen des heiligen Petrus und das Abhandenkommen eines seiner Engel schien ihm aber bei weitem das wichtigste zu sein, so daß er sich diesen Teil von Marias Erzählung noch einmal wiederholen ließ, wobei er immer in seinem Erstaunen vergaß, die himmlische Krone die er gerade in der Hand hielt aufzusetzen und dergestalt eine ganze Weile barhäuptig dastand. Als ihm die Jungfrau nun bedeutete daß ihr viel mehr als die Unregelmäßigkeiten des himmlischen Türschließers das Schicksal Coelestinas und des jungen Baumeisters am Herzen liege, da wurde der Herr mißmutig und sagte, daß die innere, himmlische Sache zu allererst Remedur erheische; denn das seien ja schaudervolle Zustände die sich ihm da aufdeckten. Zunächst hieße es da also, vor seiner eigenen Tür kehren, und dazu werde er das Erforderliche alsbald veranlassen.

Also berief Gott der Herr unverzüglich eine Versammlung aller Heiligen im großen blauen Himmelssaal, und die himmlischen Heerscharen, das Fußvolk unter dem Erzengel Michael und die Reiterei unter dem heiligen Georg, wurden auch dazu befohlen. Als alles beisammen war, ließ er sich, angetan mit der göttlichen Kraft und Herrlichkeit, auf dem himmlischen Throne nieder, und zu seiner Rechten nahmen die Jungfrau Maria und zu seiner Linken der Heiland ihre Thronsessel ein; aber unter den dreien hielten eine Menge Engel, welche die himmlische Vorsehung eigens dazu bestimmt und befehligt hatte, einen goldglänzenden Wolkenteppich empor, den man von dem Morgenrot auf einige Stunden für diesen Zweck entliehen hatte. Darauf erhob der Herr seine Stimme und legte in wenigen Worten den versammelten Heiligen das Vorkommnis mit dem Englein Coelestina und ihr Abhandenkommen klar, so daß der heilige Petrus, der unter den Aposteln stand, unruhig auf seinem Platz hin und her trat. Dann führte er aber in seiner Ansprache weiter aus, daß der Vorfall an sich nicht gar zu schlimm sei, da es wohl einmal vorkommen könne daß ein Engel wie irgendein anderes himmlisches Gerät abhanden kommen könne, daß er aber dem heiligen Petrus den Vorwurf machen müsse, die Sache nicht sofort gemeldet zu haben, wodurch er sie vielleicht erst bei der nächsten Engelzählung entdeckt haben würde, wenn nicht die Mutter Gottes zufällig aus einem besonderen Grunde ihm davon Mitteilung gemacht hätte. Man könne nicht verlangen, daß er seine Allwissenheit, die er für irdische Dinge benötige, auch noch auf himmlische Angelegenheiten erstrecke. Diese Vertuscherei und das ihm dadurch bewiesene geringe Vertrauen komme ja beinahe dem Verhalten von Bediensteten unter den Menschen gleich, welche es auch gewohnheitsmäßig verheimlichen, wenn ihnen irgendein ihrer Herrschaft gehöriger Gegenstand zerbreche oder verloren gehe. Mit der Verläßlichkeit des heiligen Petrus sei es so wie so nicht zu weit her, da er zur Zeit als sein Sohn noch auf Erden gewandelt sei, diesen dreimal, sozusagen in einem Atem bevor der Hahn krähen konnte, verleugnet habe.

Der liebe Gott redete sich im weiteren Verlauf seiner Ansprache in eine immer größere Entrüstung und einen gewaltigen göttlichen Eifer hinein und ging mit dem armen alten Petrus so scharf ins Gericht daß ihm beinahe die himmlische Gerechtigkeit, die er nach den Worten des Propheten in der linken Hand hielt, entfallen wäre. Schließlich kam ein solch göttlicher Zorn über ihn daß er mit der Drohung schloß, im Wiederholungsfalle solchen mangelnden Vertrauens, gleichviel von welcher Seite, der hohen Versammlung den ganzen himmlischen Bettel vor die Füße werfen und dem Himmelsthron zugunsten seines Sohnes entsagen zu wollen.

Da standen nun die Heiligen sehr betroffen über diesen Ausgang von Gottes Rede und die himmlischen Heerscharen blickten ernst drein. Der heilige Petrus aber, der besonders durch den Vergleich mit den irdischen Bediensteten ganz aufsässig geworden war und sich außerdem den Anschein geben wollte als nehme er die Sache auf die leichte Achsel, stieß den Apostel Paulus welcher neben ihm stand mit dem Ellbogen leicht in die Seite und fragte ihn unter der Hand, ob er nicht finde daß der Herr zu viel Wesens über einen gefallenen Engel mache. Paulus konnte trotz des Ernstes der Situation nicht anders als leise vor sich hin zu lächeln. Der Heilige Geist aber, der über dem Haupte Gottes in Gestalt einer Taube in seinem Heiligenschein schwebte, sträubte die Federn.

In der ersten Bestürzung über Gottes Zorn fand niemand der Anwesenden ein Wort. Nach einer Weile indes trat zu aller Erstaunen der heilige Joseph in den freien Raum der vor dem himmlischen Thron gelassen war und schickte sich zum Sprechen an, dies war um so wunderbarer als man eigentlich solange er im Himmel war nie etwas von ihm vernommen hatte. Der heilige Joseph war nämlich durch die im Himmel herrschenden Verhältnisse etwas in schiefe Lage gekommen, insofern er die beständige Nähe der heiligen Jungfrau, deren er sich auf Erden erfreuen durfte, infolge ihrer Erhöhung zur Himmelskönigin nicht mehr genießen konnte; seine treuen Beschützerdienste, in welchen sein Hauptverdienst für Maria und seine vornehmste Tätigkeit auf Erden bestanden hatten, waren in ihrer neuen Würde völlig überflüssig, und so stand er etwas allein, wenn sich auch Gott es nicht nehmen ließ, ihn regelmäßig mit der übrigen Sippe Mariae zum Weihnachtsabend und zum Karfreitagessen einzuladen. Aber da er zu den Aposteln, die einen geschlossenen Kreis bildeten, nicht gehörte und die anderen Heiligen wesentlich jünger waren als er, so lebte er still für sich und gab sich ganz dem Lesen gelehrter Bücher hin, so daß er höchstens gelegentlich einmal in alter Anhänglichkeit an sein irdisches Handwerk einen lose gewordenen Sparren auf dem Himmelsdach wieder fest schlug. Seine Belesenheit und Gelehrsamkeit kamen ihm nun plötzlich bei dieser Gelegenheit zustatten und gaben ihm den Mut, auf die Worte Gottes zu antworten. Er führte etwas schwerfällig aber doch klar und verständlich aus, daß von einer Thronentsagung oder Abdankung Gottes des Vaters gar keine Rede sein könne, da eine solche nach der himmlischen Verfassung unzulässig sei. Denn dann würde die heilige Dreieinigkeit eines ihrer wesentlichen Bestandteile beraubt; und selbst wenn man annehmen wolle daß er nach seiner Abdankung ihr noch weiter angehören könne, falls er nur immer in der Nähe und in allen Dreieinigkeitsfragen erreichbar wäre, so ginge das aus dem Grunde nicht, weil abgedankten Göttern verfassungsmäßig ein für allemal der Aufenthalt im Himmel verboten sei, wie man vor noch nicht zu langer Zeit selbst entschieden hätte, als man eine so achtbare göttliche Persönlichkeit wie den Apollo nicht habe aufnehmen wollen. Er machte den lieben Gott ferner darauf aufmerksam daß im Falle seiner Abdankung als einzige Orte, wo er mit Anstand den ewigen Rest seiner Tage verbringen könne, nur Asgard und der Olymp in Frage kämen; und in dem ersteren wäre es doch wohl für immer zu kalt und neblig, während auf dem letzteren er wohl von Jupiter und seinen Göttern nicht gerade mit offenen Armen aufgenommen werden würde. Diese gelehrten Ausführungen gehörten nicht streng zur Sache und der Herrgott sagte dem heiligen Joseph daher daß er sie sich hätte sparen können und hier nicht ein irdisches Parlament wäre, in welchem der Vorsitzende so geduldig die vielen und langen unsachlichen Ausführungen der Redner anzuhören pflegte. Da trottelte der heilige Joseph ziemlich betroffen auf seinen Platz zurück und hatte nicht den Eindruck als ob er mit seiner Rede sein Verhältnis zum lieben Gott gebessert hätte. Aber durch die ganze Heiligenversammlung ging doch ein Seufzer der Erleichterung nachdem Joseph geendet hatte, und der Heiland nickte seinem Stiefvater gnädig zu, da er sich gar nicht sehr nach dem Himmelsregiment sehnte, während die Apostel dem Redner einer nach dem anderen schweigend die Hand drückten mit Ausnahme des heiligen Petrus. Unterdessen erklärte

Gott Vater die Versammlung für geschlossen und befahl noch, um die Gelegenheit wahrzunehmen und sich auf andere Gedanken zu bringen, einen Vorbeimarsch der himmlischen Heerscharen während dessen sein Zorn sich legte und die Freudigkeit am himmlischen Regiment zurückkehrte. Hierauf rückten die Heerscharen in ihre Quartiere, die Heiligen gingen auseinander und der himmlische Friede griff wieder Platz.

Für das Schicksal von Anneliese war nun freilich mit diesen Maßnahmen des heiligen Vaters, so wichtig sie auch für die himmlische Ordnung waren, nichts gewonnen. Aber die Mutter Gottes, da sie sich einmal der Sache angenommen hatte, ließ nicht nach, sie zu verfolgen; und so gesellte sie sich am Abend jenes Tages, als der liebe Gott nach seinem Tagewerk sich im Paradiesesgarten in der Kühle erging, zu ihm in der Absicht, nochmals für ihren Schützling bei ihm vorstellig zu werden. Da nun der Herr sie so in aller der Reinheit, Anmut und Hoheit in welcher sie dem Raffael zu seinen Bildern gesessen hatte daherwandeln sah, da hatte er seine göttliche Freude an ihr und beschloß sie anzuhören. Also trug sie ihm ihr Anliegen nochmals vor und stellte es gar beweglich dar, wie sehr sich Coelestina danach sehne daß er sie zu sich nehme und wie es nicht der göttlichen Barmherzigkeit entsprechen könne daß der arme Baumeister so viel um sie leide, noch der göttlichen Gerechtigkeit daß ein Engel sein Siechtum und seinen Tod verursache. So flehe sie ihn an, doch die Gebete seines Engels zu erfüllen und ihn von der Erde zu entführen, damit er nicht die Schuld auf sich zu nehmen brauche, einen Menschen getötet zu haben. Doch Gott schritt schweigend neben ihr her und strich sich den Bart und sprach nach seiner unerforschlichen Art kein Wort als sie geendet hatte, und so wußte sie nicht ob er nach ihren Bitten handeln werde; aber als sie in sein ernstes gütiges Angesicht blickte, da ahnte sie daß er es zum Guten wenden würde, und verließ ihn leichteren Herzens.

Und Gott war weiser als sie und handelte nach seiner Weisheit. Denn als an einem der nächsten Tage, da die Abendsonne ihre letzten goldenen Strahlen wieder einmal in das Krankenzimmer warf und in die Tiefe hinein bis auf das Bett und das Antlitz des jungen

Baumeisters, Anneliese wieder still an diesem Bett saß und er ihre Hand in der seinen hielt und wiederum so ganz von innen heraus bewegt und erwartungsvoll in ihr Auge sah, da geschah es daß Gott der Herr mit seiner allmächtigen und gütigen Hand das Herz des Engels berührte und es leise ein wenig von seinem Platz in der Mitte des Körpers, wo es bisher geruht hatte, hinüber nach der linken Seite rückte; dahin wo die Herzen der Menschen schlagen (denn die Herzen der Engel liegen wegen der ihnen innewohnenden Harmonie symmetrisch in der Mitte des Körpers). Da aber das geschehen war, da schien es Anneliese, als ob ein unendlicher Freudenschrei durch die ganze Welt ginge und sie müsse ihn mitschreien; und sie fühlte ihr Herz anders schlagen, und als der Kranke, der ihre Bewegung bemerkte, in freudiger Erschütterung in ihre Augen blickte, da standen sie voller Tränen. Und sie beugte sich über ihn und ließ es geschehen daß er sie an sich zog und ihren Mund küßte, und sie weinte lange und still an seinem Halse, so daß der liebe Gott beinahe fürchtete, er habe ihrem Herzen einen etwas zu starken Stoß versetzt. Aber es war nur Freude die sie weinte. Und die erste Träne, die sie aus einem menschlichen Herzen vergoß, fiel in die geöffnete Hand des Mannes und verging dort gleich einem wunderbaren Diamanten, so rein und klar und makellos und auch so voll stiller Glut wie das Herz aus welchem sie zu den Augen emporgestiegen war. Von dem Tage, an welchem das Herz Annelieses sich der Liebe geöffnet, kam ihr die Welt wie verwandelt vor. Die Vöglein auf den Zweigen sangen ein anderes Lied, die Blumen in den Beeten vor dem Fenster strahlten sie anders an, die Sonne erwärmte ein anderes Blut in ihren Adern, und die ganze Erde, auf welcher gerade der Frühling wie ein junger Sieger seinen Einzug hielt, war von einem unbeschreiblichen Jubel erfüllt, in den sie selbst einzutauchen begehrte wie in einen wonnigen strahlenden Reigen. »Wie ähnlich«, sagte sie zu sich; »wie ähnlich sind sich doch Himmel und Erde.«

Den Baumeister machte sein Glück genesen. In wenigen Wochen verließ er das stille Haus und begann die Vorbereitungen für dasjenige dessen Plan ihm schon in den langen Nächten des Krankenlagers so klar vorgeschwebt hatte und das den Herd für ihn und Anneliese enthielt.

Kaum jedoch daß er selbst in voller Kraft wieder dem Leben geschenkt war, als Anneliese, mit der höchsten Freude nun auch des

Leides der Menschen teilhaftig geworden, an der nämlichen mörderischen Krankheit sich niederlegte die er eben überwunden hatte. Der Tod stand mehr als einmal an ihrer Seite. Aber wie sie für den Geliebten gewacht und gesorgt, so tat er es jetzt für sie; und wenn es Anneliese noch nicht gewußt hätte, so hätte sie es jetzt erfahren was Menschenliebe vermag. Einesmals in diesen Tagen sagte sie es dem Geliebten, wie so ganz anders doch, um so vieles schöner und seliger, tiefer und ergreifender die irdische Liebe sei gegenüber der himmlischen die sie früher geübt; und daß die Welt und das Leben, das ihr ein solches heiliges Gefühl schenken könne, auch heilig und schön sein müssen. Wie sie früher den Tod gesucht, ja darum gebetet hatte, so inbrünstig betete sie nun darum daß er sie verschone. Aber als dies Gebet und jene Worte zu Gott hinaufdrangen, da lächelte er leise in seiner Güte und sprach zur Jungfrau Maria die bei ihm war: »So geht es auf Erden zu; ohne sie zu kennen, sind die Irdischen unzufrieden mit der Welt und dem Leben das ich ihnen gab, und können es gar nicht erwarten, bis sie das ewige Leben im Himmel erlangt haben; wenn sie aber erst die Schönheit der Schöpfung und die Freuden des irdischen Daseins entdeckt haben, dann wünschen sie, des ewigen Lebens auf Erden teilhaftig zu werden.« Aber ihren Wankelmut trug er Anneliese nicht nach.

Sie genas und der Baumeister führte sie heim. Seit jener Zeit breitete sich eine wundersame Klarheit und Feierlichkeit in ihm aus, die auch auf seine Bauten überging.

Bald schmückten schöne Kirchen voll Einfachheit und Kraft das Land, bei deren Bau ihm jene himmlische Kapelle vor Augen stand welche Anneliese ihm dereinst in seiner Krankheit beschrieben hatte. Die Leute aber sagten von seinen Kirchen, man glaube wohl, daß Gott darinnen wohne.

Sie lebten lange und glücklich. Anneliese gebar ihrem Gemahl Kinder, die rechte Menschen waren und das Herz am rechten Fleck hatten; aber an den Schultern trugen sie alle ein kleines goldgelbes Mal, das wie ein goldenes Federchen aussah, zum Zeichen daß ihre Mutter ein Engel war.

Sankt Georgs Stellvertreter

Legende

Es begab sich eines schönen Tages daß der heilige Georg, welcher seit Jahrhunderten die Reiterei der himmlischen Heerscharen befehligte, bei Gott dem Herrn um Urlaub einkam. Dessen hatte sich der Herrgott freilich nicht versehen; denn wenn er es auch gewohnt war, daß sich einige Heilige minorum gentium, die sich nicht gerade in verantwortungsreichen Stellungen befanden, in ihrem Dienst solche Freiheiten erlaubten, denen er großmütig nachsah, so war doch von dem heiligen Georg während der ganzen langen Jahre, die er ihm in Treuen diente, niemals ein Urlaubsgesuch eingegangen. Er ließ ihn also zu sich rufen und beschied ihn, daß das doch ganz gegen die himmlische Ordnung sei, wenn er, der sich noch niemals seinen ritterlichen Heiligendiensten entzogen hätte, damit jetzt auch beginnen wollte wie andere, welche die Sache nicht so genau nähmen. Sankt Georg, welcher als Heiliger der Ritter und als Ritter unter den Heiligen das Haupt hoch und frei trug, so wie ihn Donatello in seinem Standbild an Or San Michele in Florenz dargestellt hat, sah seinem Gott ins Angesicht und da er einen festen Stand bei ihm hatte, so war er auch um eine freimütige Antwort nicht verlegen, wie er es seiner Ritterwürde schuldig zu sein glaubte. Er sagte also zu Gott dem Herrn, er möge bedenken daß seine Gerechtigkeit mit diesem Bescheid den er ihm gegeben zu dem nämlichen Ziele gelangt wäre wie die Vernunft der Obersten auf Erden, welche da ihre pflichteifrigsten Offiziere, wenn sie wirklich einmal um Urlaub einkämen, teils verwundert, teils entrüstet mit der Begründung abwiesen: »Ja, wie kommen Sie nur dazu? Das fehlte ja gerade noch!« während sie anderen luftigeren Kameraden jede Dienstumgehung dieser Art als selbstverständlich nachließen. Zudem, so fuhr der heilige Georg fort, sei von einer leichtfertigen Beurlaubung seinerseits gar keine Rede; vielmehr betrachte er eine längere Abwesenheit von seinen Truppen, und zwar mindestens auf ein Jahr, für ganz unerläßlich, da er fühle daß er seinen heiligen Aufgaben als Befehlshaber der Himmelsreiterei nicht mehr so voll gerecht werden könne; nicht als ob seine Kräfte nachließen, sondern es sei eine ganz bekannte Tatsache der Erfahrung, daß zu langes ununter-

brochenes Befehlen an höchster Stelle nicht gut tue, die Leistungs-
fähigkeit der Befehligten wie des Befehlshabers darunter leide und
eine unüberwindliche Stumpfheit auf beiden Seiten Platz greife, von
welcher, wie Gott der Herr wohl wisse, nur er selbst als Herrscher
des Himmels und der Erden frei sei. Er gedenke aus diesem Grunde
sich in längerem Betrachten gänzlich anderer Verhältnisse im
Kriegsdienst, der auf Erden ihm unbekannte Fortschritte gemacht
haben müsse, neue belebende Gesichtspunkte zu erwerben, wie sie
ihm für seine Stellung notwendig erschienen.

Der Allmächtige konnte sich ebensowenig der Richtigkeit der
letzten Bemerkungen wie der Einsicht entziehen daß sein erster
ablehnender Bescheid, wie Sankt Georg herausgefühlt hatte, nicht
der himmlischen Gerechtigkeit entspräche welche er übte. Er bedachte sich also. Mochte er auf der einen Seite seinem vornehmsten
Heiligen gegen unanfechtbare Gründe nicht entgegentreten, so
schien es ihm auf der anderen Seite ganz gegen alle Ordnung daß
die himmlische Reiterei solange ohne einen Führer sich selbst überlassen sein solle. Aber zur Übernahme der himmlischen Stellung
des heiligen Georg war kein anderer Heiliger tauglich; das ergab
sich ohne weitere Erwägung. Indem er ihm das vorstellte, gedachte
ihn Gott von seinem Vorhaben abzubringen. Aber Sankt Georg
blieb bei seinem Gesuch; so wie sie jetzt sei, habe die himmlische
Reiterei überhaupt keinen Zweck mehr, führte er aus, also müsse er
auf neue Erfahrungen für sie ausziehen und wenn sie nicht für die
Zeit seines Urlaubs ohne Befehlshaber belassen werden könne, was
er übrigens einsehe, so solle man sie für diese Zeit abrüsten; vielleicht brauche man sie dann überhaupt nicht mehr zusammentreten
zu lassen, wenn man den allgemeinen Abrüstungsbestrebungen, die
auf Erden sich nur mühsam Boden verschafften, mit gutem Beispiel
vorausgehen wolle. Aber davon wollte Gott, solange die Macht der
Finsternis bestehe, nichts wissen. Wenn also, wie Georg zugäbe,
seine Reiter nicht ein volles Jahr lang führerlos bleiben könnten, so
sei der Herr zur Bewilligung seines Urlaubs nur dann in der Lage,
wenn er ihm für die Zeit desselben einen geeigneten Stellvertreter
bringe, dessen Bestätigung er sich vorbehalte.

»Damit Ihr aber erkennet,« fuhr Gott fort, »daß ich der Genehmi-
gung Eures Wunsches, dessen Berechtigung ich anerkenne, geneigt
bin, will ich selbst, sofern Ihr nur die geeignete Persönlichkeit aus-

findig gemacht oder in Vorschlag gebracht habt, Euch beistehen sie zu gewinnen.«

»Und wie, mein Herr und Gott,« fragte der heilige Georg, welcher sich mit seiner Nachfolgerschaft oder seiner Vertretung noch nie in Gedanken befaßt hatte, »müßte der beschaffen sein welcher an meiner Statt dir dienen dürfte?«

»Das ist bald gesagt,« erwiderte der Herr; »ein Ritter müßte er sein wie Ihr, ohne Tadel und Furcht, und nicht als armer Sünder dürfte er in den Himmel eingegangen sein. – Aber er wird nicht so bald gefunden werden.« Und mit diesen Worten entließ er ihn.

Daran mußte sich der heilige Georg als an einem weisen, gerechten und gütigen Bescheid genügen lassen, und wenn er auch noch nicht wußte, wo er den Stellvertreter den Gott verlangte hernehmen sollte, so verzagte er doch insoweit keinen Augenblick, eingedenk dessen daß er ihm seinen Beistand versprochen hatte, die geeignete Persönlichkeit zu gewinnen.

Also hielt er Umschau nach seinesgleichen; zuerst unter den Heiligen, auf die er seine Hoffnung wohl setzen durfte, denn keiner von ihnen war als Sünder in den Himmel eingelassen worden. Aber so viele ihrer waren – und Sankt Georg sah bei dieser Gelegenheit einige die er noch nie gesehen zu haben glaubte –, so war doch kein einziger Ritter unter ihnen. Da waren weiter die Erzengel, die wohl mit den Waffen umzugehen wußten; aber weder Gott noch er selbst hatte sie jemals als wirkliche Ritter gelten lassen, obgleich er mit ihnen wegen ihres ritterlichen Wesens auf gutem Fuße stand. Die anderen Engel kamen insoweit noch weniger in Frage und die übrigen Himmelsbewohner waren allesamt arme Sünder. Als er diese Erfahrung gemacht hatte, beschied sich der heilige Georg daß er vielleicht noch manchen Tag an seinem Platz würde ausharren müssen ehe er seinen Urlaub antreten könnte. Denn es war wenig Aussicht vorhanden daß durch die Himmelstür etwas anderes eingehen würde als arme Sünder und ab und zu ein neuer Heiliger, der aber dann sicher kein Ritter war. Nichtsdestoweniger begab er sich in den nächsten Tagen, so oft es seine Dienstobliegenheiten erlaubten, nach dem Himmelstor in der unbestimmten Hoffnung, daß er seinen Stellvertreter durch dasselbe eingehen sehn würde.

Aber nichts dergleichen. Einen armen Sünder nach dem andern lieferte der Tod an der Pforte ab und der heilige Petrus, welcher es wissen mußte, sagte seinem Mitheiligen auf die Beschreibung von der Persönlichkeit die er suchte, so etwas gäbe es heutzutage nicht mehr. Aber das wollte der heilige Georg nicht glauben daß auf Erden alle Ritter ohne Furcht und Tadel ausgestorben seien und es von diesen keiner zuwege bringen sollte, ohne zum Sünder geworden zu sein von der Erde zu scheiden. »Mag schon solche Ritter geben die keine Sünder sind,« sagte der heilige Petrus; »aber wenn sie es nicht zu ihren Lebzeiten waren, so machen sie die Pfaffen noch in ihrem letzten Stündlein dazu, indem sie's ihnen so lange einreden und ihnen so lange zusetzen sich als arme Sünder zu bekennen, bis sie sich in ihrer Todesangst dazu verstehen; und dann kommen sie eben an das Himmelstor, demütig gesenkten Hauptes, wie die andern und gehen als arme Sünder bei mir ein. Siehst du einen,« fuhr der heilige Peter fort, indem er die endlose Straße hinab wies, die zur Erde führte, und auf der in Abständen viele, viele Pilger zum Himmel heranzogen, »siehst du einen der erhobenen Hauptes daherkäme? Auf den könntest du deine Hoffnung setzen.« Aber Sankt Georg sah hinab und erblickte keinen.

Da verließ der heilige Georg nachdenklich den himmlischen Schließer und am nächsten Tage kam er nicht, nach den Einlaß begehrenden Seelen zu sehen. Aber an dem darauf folgenden Tage erschien er wieder bei dem heiligen Petrus am Himmelstor und seine Züge trugen etwas Erwartungsvolles. Nicht lange, und der Tod kam mit einem elenden Schneiderlein, das sich gar erbärmlich anstellte und mit dem nicht viel Umstände gemacht wurden. Als der Tod darauf wieder seinen schwarzen Klepper, der von dem vielen Hinauf und Hinunter schon ganz abgetrieben war, bestiegen hatte, um von neuem seinem Geschäft auf Erden nachzugehen, trat der heilige Georg heran und stellte ihn. »Bruder Tod,« rief er, denn alle Ritter nennen den Tod ihren Bruder, »auf ein Wort!« Der Tod brauchte seinen müden Gaul nicht zum Stillstehen zu zügeln und wandte sich schweigend im Sattel um, die knochige Hand auf die knochige Kruppe gestützt. »Bruder Tod! Du weißt daß du bei uns Rittern in anderer Achtung stehst als bei denen die dich fürchten. Und während alle Welt dir ausweicht, erlauben wir dir, an unserer

Seite zu reiten unser ganzes Leben lang und murren nicht über dich wenn du uns aus der Welt führst. Einmal könntest du mir, dem Heiligen der Ritter, um deswillen einen Gefallen erweisen.«

»Und der wäre?« fragte der Tod.

»Kannst du mir nicht einen Ritter ohne Furcht und Tadel aus dem Leben zur himmlischen Herrlichkeit einführen, der hier als Ritter und nicht als armer Sünder passieren könnte? – Es soll nichts Unrechtes dabei sein und Gott weiß auch davon.«

»Brauchst nicht davon zu sprechen daß bei einem Ansinnen von dir gestellt nichts Unrecht's ist«, erwiderte der Tod. »Aber es gibt nicht viele solcher wie du brauchst. Und wenn es einen gibt, müßte ich ihn unversehens holen, von wegen – –; doch das tue ich nicht gern. Einem Ritter ohne Furcht und Tadel kündige ich mich vorher an; die haben keine Furcht vor mir, also brauche ich sie ihnen auch nicht zu ersparen wenn ich's anderen armen Schluckern oft in Gnaden antue.«

»Ritterlich fürwahr,« sagte der heilige Georg, »wie es dem Bruder der Ritter ziemt. Sollte mir auch nicht gefallen, wenn du einen Ritter um meinetwillen unversehens holtest. So kündige dich einem an, den du für unanfechtbar hältst; und wenn er es ist, wird er auch über die Frist die du ihm zubilligst hinwegkommen ohne daß sie ihn zum Sünder machen.«

»Vielleicht! – Mag sein, wenn ich sie kurz bemesse,« meinte der Tod, ohne zu zeigen ob er Vertrauen dazu hätte, »aber es kann schief ausgehen. – Doch laßt sehen, wer es sein könnte!« Da sank der Tod auf seiner Mähre ganz in sich zusammen in Sinnen; und die beiden Heiligen, Georg und Peter, standen schweigend bei ihm unter dem geöffneten Himmelstor eine ganze Weile während welcher die Englein die den Dienst zu versehen hatten auf dem einen schwingenden Torflügel im Halbkreis hin und her zu fahren sich belustigten. Endlich begann jener, sich ein wenig aufrichtend, langsam wieder:

»Da wäre einer – – der Rittmeister –; nun, der Name tut ja wohl im Himmel nichts zur Sache; obwohl es ein guter bürgerlicher Name ist den er trägt,« bekräftigte er, da er die etwas ungläubigen Gesichter der beiden Heiligen sah, »stammt aus Bremen, wohnt aber jetzt in seinem Haus, der Sonnenweide, wie er es nennt, auf den westlichen Höhen am Rhein, wo er nach Frankreich hinübersehen kann; damit er dem Frohsinn und dem Wein näher sei, wie er sagt. Das ist ein Ritter nach deiner Art, heiliger Georg, vom Scheitel bis zur Sohle. – Wie oft hat er mir ins Angesicht geschaut; aber er hat's mit Lachen getan und es ist kein Falsch an ihm. Zwar wettert er ein ordentliches Grobzeug vom Maul und fluchen mag er bei allen Teufeln daß es seine Art hat, besonders des Abends, wenn er etwas unter seinem Bett zu suchen scheint was er nicht finden kann. Gegen die Weiber freilich ist er zu allen Zeiten von feinen Worten und übrigens immer von ritterlichen Manieren wo sie am Platz sind. Von Gebet und Kirchgang hält er wohl nicht viel, obwohl ich ihn einmal selbst in einer Kirche gesehen habe, in deren Kühle ich trat, um mich vor der Sonnenglut zu retten die mir auf die Knochen brannte; nur: ein Priesterrock war nicht drinnen. – Und beten habe ich ihn auch einmal hören, da ich neben ihm stand als er beinahe von den Hottentotten totgeschlagen worden wäre die ihn und seine paar Reiter umzingelt hatten. Aber es war ein seltsames Gebet das er sprach; denn er sagte, während er die Übermacht ins Auge faßte die auf ihn von neuem einzudringen sich anschickte, mit der gesenkten Klinge in der Faust die Worte: ›Herr Gott, wenn es einen gibt, in deine Hände befehle ich meine Seele, wenn ich eine habe.‹ Zu mehr hat er sich wohl nicht Zeit gelassen. – Aber durchgehauen hat er sich. – Glaube nicht daß ihn jemand je klein kriegen würde oder daß er seinen Nacken beugen würde, es sei denn er stände vor Gottes Thron und sähe ihn von Angesicht zu Angesicht. – – Wäre wohl dein Mann, Georg – doch ohne ausdrücklich Geheiß von unserm Herrgott werde ich ihn nicht abrufen; denn seine Stunde ist noch nicht da.«

»Soll auch nicht geschehen, Bruder«, versetzte Sankt Georg, während der Tod seine Rosinante, die mit zurückgelegten Ohren auf drei Beinen eingeschlafen war, unsanft in die Rippen stieß als ob er ärgerlich über die verschwatzte Zeit sei, sie allmählich in einen müden Trab versetzte daß die Eisen klappten, und mit wehendem Mantel davon ritt.

Am Abend jenes Tages schlug der heilige Georg seinem Herrn den Rittmeister vom Rhein als seinen Stellvertreter vor, indem er ihm alles getreulich berichtete was der Tod über ihn erzählt hatte.

Und er verschwieg ihm auch nicht, daß der Rittmeister gar vielem mit des Teufels Namen Nachdruck verschaffe, worauf Gott erwiderte daß er das lieber sähe als wenn die Menschen bei jeder passenden und unpassenden Gelegenheit seinen eigenen Namen im Munde führten. Als sein Reiterführer ihm aber die Geschichte von dem sonderbaren Gebet erzählte, da sagte der Herr, daß er wohl davon wisse und daß er es einem gerade denkenden Ritter nicht verübeln könne, wenn er, mißtrauisch durch allen Firlefanz den man der Menschheit heutzutage vormache, nun auch die einfachsten Dinge nicht blindlings mehr glauben wolle sondern sich hinter einem Wenn verschanze. Den Rittmeister kenne er als einen ganzen Mann und er sei ihm an Stelle des heiligen Georg für die Dauer seines Urlaubs wohl recht.

Also erhielt am folgenden Tage der Tod durch den heiligen Petrus den göttlichen Befehl, den Rittmeister aus seinem irdischen Leben abzuberufen.

Als der Tod diese Weisung am Himmelstor erhalten hatte, ritt er langsam abwärts, Schritt für Schritt, in Gedanken versunken; und wenn die alte Stute am Rande der Straße stehen blieb und einige staubige Halme abrupfte, so störte er sie nicht darin, so daß es schon eine Weile dauerte bis er die Erde wieder unter sich dröhnen hörte wie ein gewaltiges Grab. Er zog auch nicht geraden Weges zum Rhein sondern machte allerhand Umwege und hatte in den Städten und Dörfern bald hier bald da etwas zu bestellen, sich bei diesem oder jenem für spätere Zeit ankündigend wo er sich sonst nicht mit Umständlichkeiten plagte. Und es schien ihm nicht recht wohl in seinem alten Mantel zu sein, da er manchmal unwillig die Schultern hin und her zog wie einer dem es in seinem Rock zu warm wird.

So war die Sonne schon herunter als er von Osten her an den Rhein kam und auf den Höhen des jenseitigen Ufers das Haus des Rittmeisters vor sich sah, das er an dem Lichterglanz der von ihm ausging und an den mancherlei Lampions erkannte, die in den Gängen und Lauben des Gartens in gedämpfter Helligkeit bis an das Ufer des Stroms herunter erglänzten und im Abendwind leise hin und wieder schaukelten. Denn der Rittmeister hatte Gäste zu

Abend und das festlich erleuchtete Haus und der lichterschaukeln-de Garten waren ein bekannter Anblick in der Gegend ringsum. Der Tod polterte mit seinem Pferde in die Fähre, welche ihn an das andere Ufer und zu dem kleinen Städtchen bringen sollte das etwas weiter stromab hart am Ufer in dichte Gassen zusammengedrängt lag und sich nur mit wenigen Häusern bis zur halben Höhe herauf am Hügelhange festzuklammern wußte. Als er nun an der Fährkette schweigend über den schweigenden Strom trieb, bedachte er sich daß es nicht ritterlich von ihm gehandelt sein würde, wenn er einem Ritter und dessen Freunden ein frohes Abendmahl verdürbe, indem er ihm in seiner wahren Gestalt ins Haus fiele. Die Gäste, so meinte er, brauchten wenigstens nichts von ihm zu spüren wenn er dem Rittmeister ankündigte daß er ihn am andern Morgen in der Frühe abholen werde; denn diese Frist wollte er ihm noch gönnen. Er zog daher drüben seinen Gaul in eine Herberge, während er selbst die Gestalt und Tracht des Büttels annahm, den der Rittmeister noch aus seiner Fähnrichszeit kannte, um so bei seinem Erscheinen vor ihm nicht alles Gewichtes bar zu sein. So angetan, ging er ziehenden Schrittes den Berg hinan und wußte nicht ob ihm das Steigen an sich schwerer geworden war oder ob's ihm nur heute so schwer ankäme, weil er einen Ritter in sein Verderben hineingelobt hatte.

Droben im Hause saß man beim Wein. Die Speisen waren abge-tragen, aber die Gesellschaft blieb seßhaft vor den gefüllten Gläsern, deren jedem eine leichte lebendige Säule luftiger Perlen entstieg als ob ein unerschöpfliches Leben darin sein Spiel triebe. Es waren nicht mehr als sechs, drei Männer und drei Frauen, welche da in dem Räume versammelt waren, der nur zur Hälfte in das Haus eingebaut war, zur andern Hälfte aber in seiner ganzen Längsseite in einen terrassenartigen Vorbau auslief, um dessen Brüstung und hölzerne Eckpfeiler der wilde Wein dem leichten Gebälk zustrebte das diesen Teil deckte und mit dem Laub vereint dem zaghaften Licht der Sterne den Eintritt nicht ganz verwehrte. Beide Hälften verband der getäfelte Fußboden ohne Grenze zu einer wohltuenden Einheit, die das Heimisch-trauliche eines Gemachs mit der Freiheit einer das Land beherrschenden Terrasse in glücklichster Weise verschmolz. Denn die sechs, welche da oben an dem mehr in den Innenraum gerückten Tisch saßen – vier mit dem Rücken gegen die Wand, in deren Mitte die Tür zu einer inneren Halle führte, und

zwei an den beiden schmalen Enden – überblickten von ihren Sitzen
über die unteren Terrassen des Gartens hinweg weithin das Tal und
den Strom: nicht nur zu den gegenüberliegenden Höhen sondern
stromaufwärts, da der Rhein dort eine scharfe Biegung ins Land
hinein macht, eine lange Strecke, die in leicht geschwungenem Laufe vor ihnen zurückwich, bis sie, in unbestimmter Ferne durch die
rechts und links schroffer herantretenden Berge des Ufers allmählich eingeengt, endlich dem Auge durch einen sich vorschiebenden
Bergriegel Halt gebot. Dort hinauf lagen an den Ufern Städtchen an
Städtchen, an die wald- und weinbebauten Hänge angelehnt Siedelung über Siedelung zerstreut, und auf den vorspringenden Punk-
ten, mit den Felsen scheinbar verwachsen, die alten Schlösser und
Burgen des Rheintales. Der Geist des geschäftigen, tätigen Lebens,
der von den Niederlassungen der Menschen heraufstieg, mischte
sich mit dem der Vergangenheit und Sage, der von den Ruinen
herüber wehte, zu jenem mächtigen Strom, welcher in den Herzen
derer die ihn in sich hineinfluten lassen, immer die nämliche Emp-
findung auslöst, die in einer sich selbst überlassenen, gedankenlo-
sen Stille hervortritt, dem innern Jubel über die Schönheit des Lan-
des den Ausbruch wehrend.

In dieser Stimmung, dem Anblick des in der Dämmerung allmählich versinkenden Tales hingegeben, hatten auch diesmal wieder,
wie schon so oft, die sechs auf der Sonnenweide das abendliche
Mahl in einer Art von stiller Feierlichkeit verzehrt. Wenig Worte
waren dabei gewechselt und Tischreden gab es ein für allemal nicht
in ihrem Kreis. Denn man hatte sich gewöhnt, den schweren duf-
tenden Rheinweinen die Ehre anzutun, sie nicht auf Kommando zu
Trinksprüchen gläserweise hinabzuspülen nach Sitte zechender
Junker sondern sie nach ihrem Werte zu behandeln und ihnen, jeder
nach seinem Geschmack, mehr zuzusprechen als seinem Nachbarn.
Jetzt aber, da das Dunkel den Genossen das Bild der Landschaft
entzog, der ernste Rheinwein dem lustigeren Champagner Platz
gegeben hatte, zog sich die Feierlichkeit etwas vor der Ungebun-
denheit zurück und lustige Gespräche mit allgemeinem Gelächter
wie heimliches Geflüster und ab und zu ein Erröten sprangen zwischen den drei Männern und den drei jungen Frauen hinüber und
herüber wie Kobolde und Elfen im Wechseltanz.

Ursprünglich – vor Jahren – hatte der Kreis nur aus den drei Männern bestanden, die sich bescheidentlich und doch nicht ohne Selbstbewußtsein in ihrem Verhältnis zueinander »die drei Lichter« nannten. Sich selbst nämlich gemeinsam oder einzeln etwas zu verspotten, war einer der Lieblingsfreundesdienste die sie sich gegenseitig erwiesen. Jeder war in seiner Art ein Prachtkerl und wenn sie auch die Gelehrsamkeit nicht mit Löffeln gefressen hatten, so hatten sie doch alle den Mund wie das Herz auf dem rechten Fleck und waren sich ihres Wertes andern gegenüber, trotz der schon erwähnten Bescheidenheit, wohl bewußt. Nur sich selbst beleuchteten sie in lustiger Weise bei jeder Gelegenheit von innen und außen. Und diese Gelegenheiten bestanden fast ausschließlich in gastlichen Zusammenkünften auf der Sonnenweide, die dazu vom Schicksal in ihr Dasein mit der äußersten Absichtlichkeit hineingebaut schien.

Das vornehmste der drei Lichter und von den beiden andern als dasjenige angesehen welches den meisten Glanz ausströmte war der Rittmeister. Der saß nun schon einige Jahre nachdem er den Abschied aus dem Heere genommen hatte, da der Dienst ihm nach seinem afrikanischen Kriegsleben unerträglich zu sein schien, auf der ihm etwa zur nämlichen Zeit durch Erbschaft zugefallenen Sonnenweide und gedachte den Menschen zu zeigen daß dem schönen Leben auch ohne das Zwingende des Berufs noch genug abzugewinnen sei. Und dazu hatte er alles Zeug; denn die Vorstellung daß irgend etwas schöner sein könne als das Leben wie er es sich gestaltete, in völliger Freiheit aber doch nie in Untätigkeit, als welche er auch das Soldatenspielen in Friedenszeiten, wie er es nannte, halb und halb ansah und aus diesem Grunde verdammte, hätte ihm niemand beibringen können.

Obwohl schon über die Vierzig, schien für ihn das Alter nicht zu Ende zu gehen wo er dem gleichgültigen Begebnis den Wert eines herrlichen Erlebnisses abzuringen wußte, für das er dann gern irgend etwas aufs Spiel zu setzen geneigt war. So konnte er einem Sack mit ein paar jungen Katzen, die ein Winzer zum Ersaufen vom Steg in den Rhein warf, in vollem Anzug nachspringen, um sie mit Gefahr seines Lebens wieder herauszuholen, und in der Gegend erzählte man sich daß er in ähnlicher Weise von einem Dampfschiff aus einen roten Sonnenschirm gerettet habe den der Wind einer Dame vom Deck in den Strom entführt hatte wo er in hilflosem

Geschaukel dahintrieb. Daß er bei einem Kriege nicht dahinten bleiben würde, war für ihn selbstverständlich, und man wußte daß er die Neuerungen, die seine von ihm heißgeliebte Waffe erfuhr, aufmerksam verfolgte. Sie war auch der einzige Gegenstand welchem er einen gewissen eigentümlichen Forschungseifer entgegenbrachte, der sich mit gleichem Durst auch auf die Reiterei des Auslandes und vergangener Zeiten erstreckte. Und so hatte er die Wände seines Zimmers durch eine von ihm stetig höher geführte Mauer von allen nur irgend erreichbaren Büchern und Werken über Reiterei und Reiten allmählich verdickt, die er alle gewissenhaft durchlas. Aber einschließen ließ er sich freilich nicht von diesen büchernen Wällen sondern hielt die Tür ins Freie hübsch offen; denn das Wandern und Jagen machte ihm Freude und das Reiten war für ihn eine Notwendigkeit; daß der Spruch lautete: navigare necesse, vivere non necesse est, betrachtete er als eine ganz unverständliche Zurücksetzung des Reiters gegenüber dem Seefahrer. Für ihn stand das equitare vor dem vivere und er behauptete, schon aus dem Prägen jenes Spruches könne man ersehen daß die Römer nichts von Reiterei verstanden hätten.

Der Rittmeister war reich und die Sonnenweide ohne Herrin. Aber wenn ihn von seinen Bekannten einer darauf anredete, warum er diesem vermeintlichen Mangel seines Daseins nicht abhelfe, pflegte er zu sagen daß er es nicht übers Herz bringen könne, eine hübsche junge Frau an seine Bettstelle anzubinden, und eine alte häßliche zu nehmen, könne niemand von ihm verlangen. Das sagte er so, daß die Frager nie wußten ob er in Ernst oder Spaß gesprochen und sich, in ihrer Menschenfreundlichkeit gekränkt, zurückzogen. Aber keine von den lustigen Frauen am Rhein die ihm nachsahen, wenn er auf seinem langschrittigen feinhälsigen Engländer in jener Unauffälligkeit dahinritt die den Reiter von demjenigen unterscheidet der sich zu Pferde durchs Land tragen läßt, hat je mehr als ein lachendes Gesicht, einen kecken Zuruf oder ein neckendes Geplauder von ihm einstecken können. Denn das Geplänkel in der Liebe war nicht seine Art und eine ernsthafte Attacke, bei welcher er nach Ritterart sein Bestes einsetzen könnte, schienen ihm diese nicht wert.

Das zweite Licht, das sogenannte lange Licht, war des Rittmeisters um einige Jahre jüngerer Kamerad in seinem Kriegs- und Lagerleben gewesen, ein baumlanger stiller Hüne, der eine Kugel in der Lunge sitzen hatte, die ihn zwar nicht störte aber seinen Abschied vom Dienst notwendig machte. Der war seinem Rittmeister, für den er durchs Feuer ging, an den Rhein gefolgt und studierte jetzt weniger aus Neigung als um irgend etwas zu tun mit dem Eifer des an Pflichten gewöhnten Mannes an der nahen Hochschule die Landwirtschaft, ließ es sich aber nie nehmen, zu den Zusammenkünften der Lichter herüberzukommen. Er war eine etwas scheue, schwer zugängliche Natur und es hatte Jahre gedauert, bis ihn der Rittmeister sozusagen entdeckt hatte. Aber nun hielt er um so treuer zu dem Jüngeren. Diesem war seines Rittmeisters Auffassung vom Dasein geradezu eine Erquickung; denn sie war von der seinigen, die er übrigens nie zum besten gab sondern wie etwas dessen er sich schämte für sich behielt, so verschieden wie nur möglich. Er konnte es sich gar nicht erklären daß der Rittmeister immer etwas zu erzählen, immer etwas erlebt hatte, immer gespannt war wie das und jenes ausgehen würde, und er bewunderte das nicht nur an ihm sondern suchte ihm die Kunst des Lebens nach Strich und Regel abzulernen und war über nichts mehr erstaunt als über die sich immer wiederholende Entdeckung daß er darin gar keine Fortschritte mache. Das Ereignis seines Lebens waren eben die Kriegsjahre gewesen und das Heute war für ihn nicht mehr als ein ungestaltbares Hinlechzen nach irgendeinem unbestimmten großen neuen Erlebnis, das morgen kommen sollte und nie kommen wollte. Daß man mit diesem Heute schon etwas Besonderes anfangen könne und nicht auf das Erlebnis des Morgen zu warten brauche, begriff er nicht. Da er somit seiner Meinung nach mit Ausnahme jener Kriegsjahre mit dem Rittmeister nicht viel erlebt hatte und erlebte, so trug er oft nicht viel zur Unterhaltung des Kreises bei; indes war er wohl belesen und über die meisten Dinge die man aus Büchern schöpfen kann besser unterrichtet als die andern beiden Lichter. Was ihn aber dem Rittmeister besonders wert machte, war sein ritterlicher Sinn, den jeder bei dem Umgang mit ihm jederzeit herausfühlen mußte selbst wenn er sich scheinbar nicht äußerte.

Der dritte der Männer war des Rittmeisters Vetter, welcher zu gleicher Zeit als diesem die Sonnenweide zufiel das große Nachbargut stromaufwärts mit ausgedehnten Weinbergen geerbt hatte, das ihm der Vater in musterhafter Ordnung hinterließ und er in eben solchem Zustand weiter führte. Er war ein echter lustiger rheinischer Junker, kannte jeden Sang und jeden Klang, jede Sage und jedes Geschichtchen aus der Gegend ringsum und war als trunkesfreudiger und trunkesverständiger Mann ein äußerst wichtiges und unentbehrliches Glied der freundschaftlichen Dreieinigkeit.

Es blieb aber dabei, daß die drei Lichter ihren Schein ausschließlich auf der Sonnenweide zusammentaten und sich dort nicht nur die Abende sondern auch ab und zu die Nacht erleuchteten, da ihnen des Vetters Haus wegen seiner noch dort mit ihm lebenden Mutter, die einen leichten Schlaf hatte, dazu nicht brauchbar schien und die Studentenbude des langen Lichts insoweit nicht in Frage kam. Zudem: wer von den andern hätte diese Zusammenkünfte so froh und festlich ausschmücken können wie der Rittmeister und wo im Umkreis gab es einen Blick ins Land wie auf der Sonnenweide?

Als sie sich aber nun im Laufe der ziehenden Sommer ungezählte Male zusammengefunden, sich so recht eigentlich durchleuchtet und am wechselseitigen Aufflackern und Reflektieren wie an einem lustigen Schattenspiel gründlich gütlich getan hatten, kam es den drei Lichtern vor, als ob der Glanz den sie ausstrahlten nachließe wie der Schein einer Lampe an die man sich zu lange gewöhnt hat. Um diesem Nachlassen ihrer Leuchtkraft abzuhelfen, schlug eines Abends der Rittmeister vor daß es jedem erlaubt sein solle, zu den Sonnenwendfesten eine Freundin mitzubringen, welche er wolle, um so einen Gegenstand zu haben den man gewissermaßen heller und glühender anstrahlen könne als sie es untereinander vermöchten. Dieser Vorschlag wirkte wie ein schöner Blitzstrahl den man quer über das Firmament mit bewundernden Augen verfolgt, und wurde, schon weil er vom Rittmeister ausging, als besonders glänzend bejubelt, obgleich das lange Licht und der Vetter in dem Augenblick gar keine Ahnung hatten, woher sie eine Freundin finden sollten die den fast geheiligten Ton ihres Kreises nicht stören würde.

Der Rittmeister freilich wußte das; denn am nächsten Versammlungsabend führte er die schöne Lux als seine Freundin in den Kreis der Lichter ein, die als solche natürlich ohne weiteres bei dem Junker eine wohlgefällige Aufnahme fand und vollends von dem langen Licht geradezu als ein Wunder angestrahlt wurde. Dieser war ohne Freundin erschienen und erklärte etwas verlegen, er habe keine. Dagegen hatte der Junker, zur Probe, wie er sich vornahm, seine Cousine mitgebracht, welche seine Mutter seit einigen Jahren ins Haus genommen hatte und die er längst geheiratet hätte, wenn nicht die alleinseligmachende Kirche die sie darum befragten ihnen die Ehe als Verwandten aus irgendeiner Veranlassung versagt und aus diesem Grunde nicht seine Mutter gegen ihre Ehe überhaupt in Harnisch geraten wäre, aus dem sie nicht wieder herauszulocken war. So wollten sie warten und später versuchen, auch ohne den Priester glücklich zu werden, was sie sich nun einmal vorgenommen hatten.

Die braune Lux war die unnahbarste Schönheit der kleinen Stadt und bewohnte etwa auf halber Höhe und halbem Wege zwischen der Sonnenweide und dem engwinkligen Gassengewirr ein schmuckes Haus hart an der Straße. Sie war die Tochter des verstorbenen Bürgermeisters und einer schönen Flamländerin, die in Frankreich eine zweite Ehe eingegangen war, während die Lux, erwachsen genug um ihren Willen zu haben, weder ihres Vaters Haus noch die Stadt verlassen wollte wo er begraben lag. Sie war groß, geschmeidig und von königlichem Wuchse, großzügig auch in den Linien des Gesichts, wie man es oft bei Menschen flämischer Abstammung findet, aber edel und regelmäßig und von einer kernigen gebräunten Gesundheit; eine Vereinigung von Eigenschaften die ihr erlaubte, ohne Auffälligkeit starke, satte Farben und schwere ungewöhnliche Stoffe, große Hüte mit wallenden Federn und zierliche mit Email betupfte goldene Schmetterlinge von französischer Arbeit als Ohrringe zu tragen, welche mit zurückgelegten Flügeln an ihren schimmernden Ohren wippten wie an zwei Rosenknospen. Ihre braunen Augen hatten eine stille, vorsichtige Aufmerksamkeit, immer auf das Nächstliegende was gerade vorging; und eine zum Herzen dringende Frische und Fröhlichkeit blitzte aus ihnen heraus, wenn sie lachte und ihre etwas zu kleinen Zähne zeigte. Der Rittmeister umwarb sie mit aller Artigkeit und mit einer ihm selbst fremden Beharrlichkeit; aber obwohl sie ihn oft mit ihren aufmerksamen Augen offensichtlich betrachtete und ihm wohl auch überlegen zulachte wenn er vorüberritt, so gönnte sie ihm doch nie ein Wort und erwiderte nicht einmal seinen Gruß. Und so wäre die Belagerung wohl nie zum Ende gekommen, wenn er sich nicht in besonderer Weise selbst die Brücke geschlagen hätte. Denn eines Tages sah er im Vorbeireiten einen Grafen, der auf seinen Namen gestützt das edle Geschäft des persönlichen Heiratsvermittlers spielte und den er gerade aus seinem eigenen Hause hinausgeworfen hatte, mit dem Rücken gegen das geöffnete Fenster im Empfangszimmer des Fräuleins gelehnt das sich im Erdgeschoß befand, lebhaft in den Raum hineingestikulieren. Er ahnte was vorging, drängte sein Pferd an die Mauer und ergriff wortlos das schmächtige Gräflein vom Sattel aus beim Kragen, hob es, wie der Riese den Gulliver im Märchen, aus dem Fenster heraus und setzte es in den Staub der Straße, worauf er ohne umzublicken seines Weges ritt. Das schien der Schönen denn doch andre Art als die der Männer welche sie bisher beobachtet, und sein Betragen hatte für sie etwas so zwingendes daß sie es ihm durch einen Besuch dankte. Und so lernte sie ihn lieben in seiner lebensfreudigen Ritterlichkeit; ihn, der sie liebte vom ersten Blick in welchem er das Edelmütige ihres Wesens herausgefühlt hatte, das sie zueinander treiben mußte wie eine höhere Macht. Die Leute redeten über ihre Freundschaft; sie ließen sie reden. Was hatten die Leute mit ihrer Liebe zu schaffen, die edel war weil zwei edle Herzen sie empfanden.

Die erste Tat der schönen Lux bei den Freunden von der Sonnenweide war, daß sie das dreiseitige Gleichgewicht wieder herstellte, welches der Hüne dadurch störte daß er ohne eine weibliche Zutat nunmehr offenbar an Gewicht verloren und sozusagen in der Luft schwebte. Sie sagte nämlich mit einem ihrer aufmerksamen, beinahe musternden Blicke, sie werde ihm ihre Nichte Leonore mitbringen, die just die rechte Partnerin für ihn abgeben werde. Das lange Licht lachte und war es zufrieden; und die schöne Lux erschien das nächste Mal mit einem blutjungen Wesen von Edelfräulein, das bei ihr eigentlich nur zu Besuch war aber diesen bald in einen dauernden Aufenthalt zu verwandeln wußte. Nicht gar so oft kamen sie zusammen, so war der Hüne bis über seine abstehenden Ohren in sie verliebt, was die natürlichste Sache von der Welt war. Und das war die sechste im Kreise derer auf der Sonnenweide, zu denen der Tod an jenem Abend emporstieg.

Gerade sagte der Rittmeister hinter einer roten Rose, die er von der Tafel aufnahm wo sie mit andern in einem losen Kranz gelegen hatte, zu dem an seiner linken Seite sitzenden Edelfräulein etwas was sie in ein lachendes Erröten, den sich vorbeugenden Hünen am Ende des Tisches aber in ein errötendes Lachen ausbrechen ließ; welche Doppelwirkung die schöne Lux veranlaßte ihm mit dem Finger zu drohen, während der Junker und seine Freundin am andern Ende in die Fröhlichkeit einstimmten die wie ein Funke an der Zündschnur zu ihnen lief. »Lüchslein,« sagte der Rittmeister, welcher sie wegen ihres schmeidigen Wesens und ihrer flinken Augen oft so nannte, »Lüchslein, wenn du drohst, ertränk' ich mich.« Und um die Drohung wahr zu machen, tat er einen schreckhaft langen Zug. Er hatte noch nicht abgesetzt, als der aufwartende Bursch' ihm zuflüsterte, der Büttel ließe ihn herausbitten, er habe ihm etwas zu bestellen. »Kreuz –, der Büttel?« rief der Rittmeister laut, indem er das Glas auf den Tisch stieß. »Ja, was will denn der Büttel von mir? Außer zwei Maulwürfen hab' ich in der letzten Zeit niemanden umgebracht, stehlen ist keine Kunst die ich erlernt hab', und Brot und Wein sind bezahlt. – Wird ein feiner Spaß draus werden,« lachte er aufspringend, »paßt auf, ich riech' ihn schon.« Und hinaus war er daß der Stuhl gegen die Wand flog.

Draußen aber stand der Tod, den er trotz seiner Verkleidung sofort erkannte; und ein kalter Hauch traf ihn. »Herr,« sagte der Tod, »ich muß euch dieses Leben von heut' auf morgen kündigen. Wenn die Sonne in euer Schlafgemach scheint, haltet euch bereit.«

Der Rittmeister zuckte mit keiner Wimper und die Worte klangen ihm nicht anders als wenn sein Oberst ihm Befehl sandte: »Wenn die Sonne aufgeht, haltet euch bereit zu reiten.« Der Tod aber verschwand im zunehmenden Dunkel wie ein Bote dessen Fortgang man, in Gedanken mit der überbrachten Botschaft beschäftigt, nicht beachtet.

Schon wollte der Rittmeister zu der Gesellschaft zurückkehren, die er lachend verlassen hatte, als er sich bedachte;, denn er bemerkte daß er ernst geworden war und einige Augenblicke brauche, um seine Nachdenklichkeit zu verwischen. So ging er ruhigen Schrittes über sandbestreutes Pflaster nach seinem kleinen Stall und trat in die offene Tür. Dort lehnte sein Pferdejunge, ein blöder, verwachsener armer Teufel, den niemand in der Nachbarschaft mochte und den er gutherzig angenommen hatte. Da übertrug er nun das bißchen Liebe und Zärtlichkeit das er bei den unduldsamen Menschen nicht losgeworden war auf die geduldigen Tiere und sie dankten es ihm und gediehen unter seiner Obhut. Jetzt hoben sie beide mit leisem, vertrautem Gewieher die Hälse, als sie den Schritt des Herrn erkannten. Der Junge hatte auf ihn gewartet und fragte, wie er es alle Abend tat, ob er die Pferde für den Ritt in der Frühe bereit machen solle. Und als ob es wirklich einen Ritt gälte, antwortete der Rittmeister: »Den Engländer magst du immerhin fertig machen; den Hottentotten kannst du in die Schwemme reiten; das Fräulein wird nicht reiten morgen früh.« Der Hottentotte war der alte Rappe der ihn im afrikanischen Kriege getragen und den er aus Dankbarkeit für seine Dienste mit in die Heimat gebracht hatte; nun diente er der schönen Lux als gefügiges Reitpferd.

Als er wieder auf die Terrasse trat zu den Freunden, spielte ein Lächeln um seinen Mund wie einem der etwas Schönes erlebt hat. Aber die Männer wie die Frauen mochten doch merken, daß das mit dem Büttel nicht in einen feinen Spaß ausgegangen war wie er angekündigt hatte.

»Wenn es sich um Geld handelt,« sagte der Vetter, »mein Beutel steht dir natürlich offen.« – »Meiner natürlich auch«, sagte bescheiden und treuherzig das lange Licht, welches ganz vergessen hatte daß es selbst kaum genug hatte um sich notdürftig in Brand zu halten.

»Oder müssen wir dich wirklich aus dem Gefängnis auslösen?« meinte die schöne Lux halb im Scherz. »Will er dich denn gleich mitnehmen? Da geben wir dir allesamt das Geleite!«

»Das ist nicht mit Geld abzumachen,« erwiderte der Rittmeister lächelnd und schaute in sein Glas, »und ihr könnt mich auch nicht dahin geleiten wohin er mich bringen wird. Denn der Büttel – denn der Büttel – der Büttel war der Tod!«

Sie schwiegen alle beklommen und die Frauen rückten ein wenig zu den beiden andern Freunden, während die Lux ihre ruhige Hand auf die seine legte. Aber keiner hatte eine Erwiderung und so fuhr der Rittmeister nach einer Weile fort:

»Warum es euch verschweigen die ihr ein Recht auf das habt was
mich angeht; denn so haben wir es untereinander gehalten. – Ich
habe des Todes kalten Hauch auf mir gespürt und es ist der letzte
Abend den ich unter euch sein werde. Aber ich will ein schlechter
Kerl sein, wollte ich traurig sein solange ich mit euch zusammen
bin. Das soll des Todes schönster Streich werden daß er mich in
eurer Mitte findet; in eurer schönen Mitte –.« »Das Leben!« schloß er
dann plötzlich mit einem sieghaften Aufschrei und erhob sein Glas.
Und die Freunde verstanden ihn und erhoben mit ihm ihre Gläser
und leerten sie ein Lächeln im Herzen, obwohl es Tränen waren
was in ihren Augen glänzte. Und dann kamen sie überein, die letzte
Nacht die dem Rittmeister gegönnt war nicht unbenutzt vorübergehen zu lassen und ihm, der ihnen so viele Feste gegeben, seine letzten Stunden zu einem Fest zu gestalten wie er es liebte und ihn
nicht zu verlassen. Der Tod werde wohl ritterlich genug sein, sagte
der Rittmeister galant zu den Frauen, ihn, da er sich so ritterlich
angesagt, auch auf gute Manier abzuberufen; es werde keine Szene
geben die unliebsam sein könnte. Und so sprach er weiter über den
Tod, als ob er morgen einen guten alten Kameraden wieder treffen
würde den er in Ehren empfangen müsse und der ihm Ehre erweisen werde.

Aber so sehr sich die andern mühten, ihre Absicht in die Tat um-
zusetzen, es glückte ihnen nicht auf die erhabene Höhe zu gelangen
welche der Rittmeister wie etwas Selbstverständliches dem kommenden Ereignis gegenüber gewonnen hatte. Bald hier bald da
versank einer oder der andere aus der Runde in Schweigen und
Sinnen, was sich wie ein vergiftendes Gähnen den übrigen mitteilte,
und selbst als der Rittmeister das Lüchslein bat, die Laute herbeizu-
holen und durch eines jener kleinen französischen Marschliedchen
deren Rhythmus schon allein wie ein belebendes Zaubermittel das
Blut wirbeln macht, in den Freunden vertraute Stimmungen zu
erneuen, wie sie es sonst so gut verstand, war nichts damit geholfen. Denn noch während die Finger gehorsam die lustigen, heraus-
fordernden Akkorde griffen, beugte sich ihr schönes Haupt über die
Laute und Tränen stürzten unaufhaltsam in rollenden Perlen herab.

Mehr und mehr kam es mit lastender Deutlichkeit ihnen zum
Bewußtsein, wie er es war von dem ihr Zusammenhalt abgehangen
hatte, und wie sie nach seinem Fortgang auseinanderfallen müßten

gleich jenen kunstvollen Schlössern deren Glieder in unlösbarer Verschränkung zusammenschließen solange das eine, wichtigste an seinem Platze ist, die sich aber nie wieder vereinigen lassen wenn dies eine Glied entfernt wird. Der Rittmeister sprang auf. Begütigend schlug er vor, sie wollten einen Gang durch den Garten nach dem Fluß hinunter machen, und schritt mit der schönen Lux voraus, während der Hüne mit seiner Partnerin folgte. Das Besitztum war durch die Straße von dem kleinen Landungssteg der Fähre getrennt. Als sie durch das Pförtchen hinaus traten, fiel es dem Rittmeister ein, – als ob er den andern damit helfen könne, indem er von neuem bewies daß ihn selbst der nahende Tod nicht anfechte, – die Kraftprobe zu machen, wie er es nannte. Wie oft hatte er diese Kunst geübt; und wenn er an den hellen Sommerabenden aus dem Garten auf den Fährsteg trat, dann war drüben auf dem steinigen Ufer schon eine Anzahl armer barfüßiger Buben versammelt, lauernd wie die Möwen. Denn sie wußten was kam, und keines von den glänzenden Talerstücken die der Rittmeister mit einem ungewöhnlichen Maß von Kraft und Wucht über den Rhein warf, sich an dem Handgemenge ergötzend das sich entspann sobald das Geldstück klingend auf die Steine sprang, ist je verloren worden. Das Lüchslein hätte ihn anfänglich von dieser Übung abhalten wollen, die ungerecht sei gegen die Kranken und Verkrüppelten, welche sich nicht am Strand herumbalgen könnten. Aber seit sie wußte daß er für die im geheimen mehr tat als ihnen ein paar armselige Taler zuzuwerfen, freute sie sich mit an den pfeifenden Münzen, an dem Getümmel drüben und an der Kraft mit der sie geschleudert wurden, wie er sich dieser Kraft zu freuen schien.

Es war dunkel und kein Mensch da drüben; aber wenn sie ihn heute nicht auf den Steinen auffingen, so würden sie ihn morgen finden; und was lag daran, wenn sie ihn nicht fanden, seinen letzten Taler: er brauchte die Kraftprobe.

Er holte aus, gewaltig, halb zur Erde zusammengeduckt, und surrend schwirrte die silberne Scheibe in die Nacht. Die vier standen und lauschten auf den Aufschlag; sie lauschten viel zu lang. Aber weder das Klingen auf den Steinen dort drüben noch das schlüpfende Geräusch des Einschlags in das Wasser und das Zurückfallen der emporgeschleuderten Wassersäule ließ sich vernehmen. Es war ihnen als ob eine unsichtbare Hand die Münze im Dunkel aufgefangen hätte.

Als die vier wieder zur Terrasse emporgestiegen waren, fanden sie den Junker und seine Cousine zum Aufbruch gerüstet. Sie sagten zu dem Rittmeister, er wisse daß sie keine Fahnenflüchtigen seien; aber es sei etwas über sie gekommen, stärker als sie, das wollten sie ihm zu sehen ersparen. Da blickte ihn auch Leonore mit feuchten Augen bittend an und der Hüne hatte sich abgewandt und schien unbeweglich ins Dunkel hinaus zu starren. Er verstand sie alle und sie schieden mit einem stummen Händedruck zweimal die Reihe herum.

So blieb er mit dem Lüchslein allein.

Die schaukelnden Laternen im Garten waren alle erloschen, als sie sich in einer der kleinen Lauben im Dunkel niedersetzten. Er legte seinen Arm um sie und lange saßen sie schweigend, nicht anders als wie sie so oft in glücklichen Stunden am nämlichen Orte gesessen, mit den Augen den geliebten Strom suchend, der jetzt, da der Schatten der Höhen ihn deckte, wie ein dunkler grauer Flor in der Tiefe des Tales ausgebreitet war. Und dann, regellos, losgelöst von zeitlicher Ordnung, wie es ihm einfiel, zog bald dieses, bald jenes Bild aus ihrem gemeinsamen Erleben in seiner Erinnerung herauf; und »weißt du noch?« fragte er bei jedem der vielen Begebnisse die er in so schmucklosen, einfältigen Worten erzählte und doch so warm, so unmittelbar als wenn er sie gestern erlebt hätte. Ach! sie wußte es wohl. – Als ob zwei Stämme, miteinander aus einer Wurzel empor zur Sonne ragend, in einer Krone ihre Häupter vereinigend, nicht von jedem Sonnenstrahl wüßten der sie gemeinsam traf, nicht von jedem Hauch sich rauschend erzählten der sie gemeinsam bewegte. »Wie schön war das«, sagte der Rittmeister dann immer einfach wenn sie leise bejahte. »Wie schön war das!« – Aber es war nie ein Laut der Wehmut oder der Schatten einer Klage in seinen Worten daß er alles das jetzt lassen solle für immer. Nur das Schöne war in seinem Gedächtnis zurückgeblieben und er freute sich der Erinnerung daran wie eines neuen Wunders des Lebens, welches ihm in einer besonders glücklichen Stunde wie durch eine

Gnade noch einmal das in einer seltsamen verklärten Frische zu genießen erlaubte was längst dahin war.

Sie stand auf. Sie hatte sich tapfer gegen die Weichheit gestemmt die sie übermannen wollte und sie an seiner Seite glücklich niedergekämpft: dies war zu viel. Zu viel von einer unergründbaren Schönheit, die eine unbekannte Gottheit in die Seele des Menschen gelegt und die sie auf die Kniee zu zwingen schien; zu viel von einer erschütternden Macht, welche ihr Herz erzittern ließ zum Zerspringen. Sie trat hinaus vor die Laube unter den freien Sternenhimmel und breitete ihre Arme weit aus; zurückgeworfenen Hauptes, mit geschlossenen Augen und halbgeöffnetem Mund stand sie so eine Weile, ohne zu atmen. Da fühlte sie seine Nähe und ihre Arme schlossen sich um seinen Hals. Er aber umfing sie, weitausgreifend, als wolle er die ganze Welt an seine Brust reißen, und faltete die Hände hinter ihrem Rücken und preßte sie an sich mit einer Kraft und einer Feierlichkeit und einer Inbrunst so ganz frei von Zärtlichkeit daß sie es fühlen mußte, wie er in ihr mehr umarmte, unendlich viel mehr als das Weib das er geliebt. »Dir danke ich alles«, sagte er.

Da war sie so stolz und so reich, so beschämt und so klein, so voller Freude und voller Trauer, daß ihr Herz es nicht mehr trug. Ein heißer Strom drang von seinem Grunde herauf, der nicht mehr zu hemmen war. Mit einer beinahe abwehrenden Heftigkeit klagte sie: »Laß' mich weinen! – Weinen – weinen in meiner Kammer eingeschlossen, wo mich niemand sieht in meinem Glück und meinem Schmerz.«

Da wußte der Rittmeister daß er allein den Tod erwarten müsse. Mit behutsamen Händen führte er sie die Stufen hinan über die Terrasse und durch die Halle. Sie ließ Hut und Mantel wo sie waren. Als sie über den Hof gingen und eine Kette im Stall rasselte, sagte der Rittmeister: »Den Engländer ließe ich am liebsten laufen, damit ich nicht weiß wer ihn nach mir reitet. Den Hottentotten und den blöden Burschen wirst du wohl behalten; sie sind beide treu.« Sie nickte.

Am Tor des Besitztums, das er nicht mehr verlassen zu wollen schien, schieden sie. »Leb' wohl, mein tapfrer Freund«, sagte sie, zog ihre Hand aus der seinen und lief mehr als sie ging den Berg hinab ins Dunkel.

Unterdessen brachte der Hüne Leonore die Straße hinunter nach Hause, als diese am Gartentor des Pfarrers einen Augenblick stehen blieb und ihn fragte, ob er nicht meine, hineinzugehen und den Seelsorger nach der Sonnenweide hinauf zu bitten. Da fuhr aber der treue Kamerad los als ob er seinen Rittmeister gegen die schlimmste Verleumdung verteidigen müsse, und bewies dem edeln Fräulein mit einer an ihm ganz ungewohnten Beredsamkeit, daß das der niederträchtigste Verrat sein würde den die Hölle ersinnen könne, so daß sie betroffen stillschwieg und ihren Weg mit ihm fortsetzte.

Aber die Worte des Fräuleins, wenn auch nur halblaut gesprochen, waren gehört worden; denn in der Laube des Pfarrgartens nahe der Straße saßen noch spät der Pfarrer und sein hoher Besuch, der Bischof, im Dunkel bei einem Glas Wein, dem sie nicht zu selten erlaubten, den schlimmen Gang der Welt, über den sie im eifrigen Gespräch waren, durch eine ihren Worten entgegenlaufende Bewegung in ihrer Kehle zu unterbrechen. Als sie aber das Fräulein davon reden hörten daß der Rittmeister auf der Sonnenweide den kommenden Tag nicht erleben werde, stellten sie ihr Gespräch und das Trinken zugleich ein. Nach einer Weile fragte der Bischof bedachtsam, ob es der Pfarrer nicht für angezeigt halte, nach diesem armen sterbenden Schäflein zu schauen ehe es für immer in der Finsternis verloren gehe. Der Pfarrer verstand und machte sich auf den Weg, nicht ohne den Mesner zu wecken, der dem Fürsten der Kirche für die Dauer seiner Abwesenheit aufwarten solle falls ihm, wie er erwartete, der Sinn nach einem andern Schlücklein stände. Oben ging er ungehindert in das Haus, da der Rittmeister dem nahenden Tod die Tür nicht hatte verschließen wollen, und fand ihn halb angekleidet auf dem Bettrand sitzend, wo er bei Lampenschein einige Lieder aus dem Gaudeamus las, die er als Wegzehrung mit auf die Reise nehmen wollte. Als er den Pfarrer eintreten sah, wunderte er sich, wem er wohl diesen Besuch zu verdanken habe. Der aber schob gleich den Bischof vor, welcher ihm, da man vernommen daß der Tod sich bei ihm angekündigt, den Befehl erteilt habe, ihn der Erquickung durch die Sterbesakramente teilhaftig werden zu lassen. Der Rittmeister erwiderte darauf, da er wohl wußte daß seine Hochwürden ein humorvoller Mann war, er fühle sich soeben durch das Lied vom Rodensteiner derart erquickt daß er keine Lust verspüre, diese Labung gegen eine andere einzutauschen deren Wirkung auf ihn zum mindesten zweifelhaft sei. Der Pfarrer aber verstand im Angesicht des Todes keinen Spaß, warf sich in die Brust und begann ihm als einem gotteslästerlichen Sünder donnernd ins Gewissen zu reden, als ob er die Posaunen des Jüngsten Gerichts hätte verkörpern sollen. Aber der Rittmeister war um Hilfe gegen die schmetternde Redekunst des hochwürdigen Herrn nicht verlegen und trat nur seinem Hund, der neben dem Bette lag und sich sozusagen dazu anbot, so bestimmt und nachdrücklich auf den Schwanz daß dem Pfarrer selbst die Posaunen Jerichos als Rückhalt nichts genützt hätten; worauf der Rittmeister den klemmenden Fuß entfernte und gutgelaunt bat, ihn doch eingedenk der mancherlei Rehkeulen und Hasen, die er ihm als friedliebender Nachbar zugesandt, nach eigner Fasson selig werden zu lassen. Weniger diesen Worten als der zwingenden Maßregel gegenüber die er gegen sich angewandt sah, fühlte sich der Pfarrer wehrlos und verließ das Feld.

Der Bischof aber, dem er die Abneigung des sterbenden Lämmleins vor der geistigen Stärkung berichtete, war mit diesem Rückzug wenig zufrieden. Für ihn konnte zum mindesten der Grund den der Pfarrer dafür angab nicht verfangen; denn ihm hatte der Rittmeister nie eine Rehkeule und nie einen Hasen gesandt. Er beschloß also, um dem untergebenen Priester mit gutem Beispiel vorauszugehen, selbst einen Gang nach der Sonnenweide zu tun und die dem Bösen heimfallende Seele in den Schoß der Kirche zurückzuretten. Prüfend hob er die neue Flasche die der Pfarrer bei seiner Rückkehr vor ihm fand gegen das Windlicht empor und hielt es nach dieser Untersuchung für angebracht, den Mesner zunächst vorauszuschicken, um bei dem Sterbenden seinen hohen Besuch anzukündigen.

Der Mesner, welchen die Natur mit jenem Verhältnis von platter Engbrüstigkeit und Rückgratskrümmung ausgestattet hatte durch welches sie die Demut und Ergebenheit auszudrücken sich vorgenommen zu haben scheint, fühlte sich in dem erhabenen Gedanken, einen mächtigen Fürsten bei einem armen Sünder anmelden zu dürfen, förmlich emporgetragen zu der Tür des Rittmeisters und nicht lange, so steckte er seine gelbe Nase behutsam aus seinen hochgezogenen Schultern herein, die einen stillen Vorwurf gegen die Schöpfung zu bedeuten schienen daß er sie nicht völlig über den Kopf heraufziehen könne wie eine Schildkröte ihr Haus. Aber wie er so mit an den Leib gepreßten hageren Armen und übereinandergelegten Händen dastand, als ob die natürliche Länge menschlicher Glieder eine Schande sei, und seine Botschaft hersagte, nicht ohne seine eigene Wichtigkeit als Träger derselben durchscheinen zu lassen, überlief es den Rittmeister wie vor einem Ungeziefer; und während er nach einem Paar neuer Zügel griff, die der Sattler gebracht, klang sein »hinaus!« so überzeugend, daß der Mesner, weiteres nicht abwartend, sich unversehens wieder vor der Tür fand. Den Rücken noch etwas mehr gekrümmt als gewöhnlich schlich er die Straße zum Pfarrhaus hinab und das stolze Gefühl eines Märtyrers für die gute Sache schwellte sein nach hinten verlagertes vertrocknetes Herz, nur durch eine Art von Bedauern beeinträchtigt, daß er den Geißelhieben eines wahrhaftigen, leiblichen Martyriums so nahe gewesen und ihrer von der Vorsehung doch nicht gewürdigt worden war.

Da machte sich in Würde und Eifer der Bischof selbst auf den Weg und der Priester folgte ihm in Gehorsam und Hilfsbereitschaft. Als sie bei dem Rittmeister eintraten, hatte er sich, da ihm nichts mehr zu bestellen schien, niedergelegt. Eine ihm unbekannte Schwäche breitete sich durch seine Glieder und mit einer Anstrengung nur zog er seinen alten Kriegsgefährten, den krummen langen Reitersäbel der am Bettpfosten aufgehängt war, aus der Scheide und zu sich aufs Lager. Denn er dachte nicht anders als der Tod habe sich verfrüht, und mit einer Kraft die er für seine letzte hielt, umklammerte er den Griff der Waffe als ob er die Menschen zwingen wollte, sie ihm mit ins Grab zu geben, wie man den Rittern ihr Schwert ließ. Aber er hatte sich getäuscht. Nicht der Tod trat durch die sich öffnende Tür sondern der Bischof und hinter ihm leisen Schrittes der Pfarrer. Er wies sie nicht fort; seine Augen waren geschlossen und seine Gedanken nicht bei dem was um ihn vorging, sondern sie flogen in einem glücklichen Fluge einer alles vereinenden Erinnerung zu den alten Kameraden seines Regiments, zu den Schlachtfeldern Afrikas, zu der schönen Lux, zu dem Bauernhof, wo er als kleiner Knabe das erste Mal auf dem riesigen Braunen vor dem Heuwagen gesessen hatte, zu seiner Mutter, wie sie ihm die erste Armbrust schenkte in einem mattblauen Kleide und eine Korallenkette am Hals, und zu gleicher Zeit fast zu ihrem Grab, das er ihr auf dem Hügel in der kleinen nordischen Stadt pflegte von wo man das Meer sieht; dann hörte er feierliche Worte von einer Stimme die betete; Frauen zogen an ihm vorüber; und dann war er wieder bei der schönen Lux und im Kreis der Freunde auf der Terrasse seines Hauses; und wieder hörte er gütige Worte, die ihm so sanft und feierlich zuredeten, er möge die Hände zum Gebet falten und die Formel der Beichte nachsprechen, auf daß ihm seine Sünden vergeben würden und er rein vor seinen Herrn im Himmel treten könne. Er besann sich; wem gehörte diese Stimme die er nie zuvor gehört hatte? »Laßt uns die Hände falten und also beten.«

Da öffnete er die Augen und sah den Bischof an seinem Bette sitzen und ihm zusprechen; und die Wirklichkeit erwachte um ihn zu neuem Leben. »Wollt ihr mich nicht in Frieden sterben lassen?« fragte er bittend. Und der Bischof antwortete: »Das ist es was wir wollen, und damit ihr in Frieden sterben könnt, so wollet eure arme sündhafte Seele erleichtern in den Worten der Beichte.« Als der Rittmeister sah daß sie nicht von ihm lassen würden, sagte er bestimmt: »Herr, solange ich ein Mann bin, habe ich keine Sünde begangen vor meinem Gewissen und wenn ich eine begangen habe, soll Gott sie mir vergeben. Was ich aber als Kind gefehlt, wird er gnädig ansehen, wenn er ein Vater ist.« Da bekreuzte sich der Bischof, aber er ließ nicht ab und verdoppelte seinen Zuspruch, und wenn ihm die Worte ausgingen, trat der Pfarrer an seine Stelle, und so wechselten sie einträchtig ab in ihrer Sorge um das Seelenheil des Ermattenden. Und die Stunden zerrannen, und die Stille der Nacht lastete in dem Raum, in welchem die unablässigen leisen Worte der Geistlichen wie ein feiner kaum hörbarer Regen auf das Gemüt des Rittmeisters herabrieselten. Er aber schwieg beharrlich und warf sich nur manchmal von einer Seite auf die andere. Nur einmal, da sie ihm die Hand von dem Säbelgriff lösen wollten, damit er sie im Gebet mit der Linken vereinigen solle, sagte er finster und als ob er eines Gelübdes gedächte: »Ich schwöre euch bei dieser Klinge, daß meine Hände sich nicht in Inbrunst falten werden; es sei denn um meiner Freundin Leib.« Da bekreuzten sich die beiden; aber sie ließen nicht ab und setzten ihm zu mit milden Worten und mit strengen Worten, und mit Verheißungen und Drohungen, und mit Bitten und Befehlen. Und noch einmal fuhr der Rittmeister empor im Zorn, setzte sich aufrecht in seiner Lagerstatt und rief: »Von Glück könnt ihr sagen, wahrlich von Glück, daß diese Klinge in meiner Hand mir heilig ist.«

Da fuhren sie zurück.

Aber bald kamen sie wieder und saßen wieder auf dem Rand seines Bettes und redeten auf ihn ein, bis er ihnen den Rücken kehrte. Doch es half ihm nichts. Es war wie wenn ein glühender Wetteifer, gerade diese verstockte Seele vom Verderben zu erlösen, in den Herzen der beiden Genossen im heiligen Stand erwacht wäre, bei jedem zu neuer Flamme angefacht durch jede neue Bemühung des andern.

Am Ende wurde er sie müde. Er sehnte sich, noch einmal zurückzutauchen in den glücklichen kristallklaren Traum der Erinnerung, der ihn umfangen gehalten ehe sie ihn daraus geweckt hatten. Eines aber wollte er vor allem: nicht vor ihren Augen sterben. Und schon fühlte er, wie sich etwas über seine Kniee legte wie eine bleierne Decke. Also fragte er, beinahe überhört von den Priestern, ob sie ihn in Frieden und allein lassen wollten, wenn er mit ihnen beten würde nach ihrem Willen. Der Bischof, der gerade die Wache bei ihm hielt, blickte den Pfarrer an: »Lasset uns zuvor beichten: Ich armer sündhafter Mensch –.« Aber der Rittmeister blieb stumm; und sie sprachen weiter auf ihn ein mit milden Worten und mit strengen Worten, mit Verheißungen und Drohungen, mit Bitten und Befehlen. Einmal würden sie siegen: das hatten sie beide gefühlt.

Als in der Frühe des folgenden Tages der heilige Petrus das goldene Tor des Himmels aufschloß, bemerkte er mit einem leisen Schrecken, der den Schlüssel klirren machte, daß der Tod mit dem Rittmeister nicht davor stand, wie er erwartet hatte; und da er die lange Straße zur Erde hinabblickte, sah er dort wohl eine Anzahl solcher die sich nach einem langen Leben von selbst auf den Weg gemacht hatten, aber keinen der aufrechten Hauptes daherkam und den der Tod in der Fülle seiner Kraft einholte. Da wurde er besorgt um die Stellvertretung des heiligen Georg und sandte einen der kleinen Engel, welche immer am himmlischen Tore herumstanden um die eingelassenen Seelen vor Gottes Thron zu führen, mit der Botschaft zu ihm, das Paar sei noch nicht in Sicht. Der Heilige sprang mit beiden Beinen zugleich aus den Federn als er das vernahm, raffte von seinem Rüstzeug zusammen was er gerade greifen konnte und lief spornstreichs zu Gott dem Herrn, welcher seinen vornehmsten Diener nicht abwies. Da erinnerte Georg den Herrn daran, daß er ihm seinen Beistand dazu versprochen hätte, einen Ritter zu gewinnen der an seine Stelle treten könne; und diesen Beistand rufe er jetzt an. Gott aber erwiderte ihm daß, wenn es sich um eine menschliche Anfechtung handle, er nichts tun könne; denn solche hätte er keinem seiner Heiligen und Märtyrer erspart und so müsse sie der Rittmeister ohne seinen Beistand durchkämpfen. »Doch wir werden sehen,« fügte er hinzu und ließ sich auf dem himmlischen Throne nieder, von dem aus alles zu sehen ist was auf Erden vorgeht. Und dem heiligen Georg erlaubte er, auf die unterste Thronstufe zu treten, und wies mit seiner göttlichen Hand durch einen goldenen Rahmen von Wolken den die Morgensonne emporhielt. Durch den blickte der Heilige an Gottes Seite herab, ein wenig in Erwartung zitternd, und da konnte er auf die erwachende Welt tief dort drunten und gerade in das Sterbezimmer des Rittmeisters hineinschauen, als ob die Decke des Gemachs weggenommen sei.

Da erkannte er denn den Rittmeister im Kampfe zwischen zwei Feuern, die ihm unablässig zusetzten, und er erschauderte. Denn er sah wohl, daß der Mann dort unten in zunehmender Erschöpfung seinen Angreifern nicht mehr lange standhalten sondern sich ihnen übergeben würde, waffenlos, willenlos, nur um in Frieden sterben zu können. Der Schatten des Todes war über ihm und seine Rechte löste sich vom Griff des Säbels, den sie wie eine letzte Hoffnung noch immer umklammert hielt. Und wieder neigte der Bischof sein Ohr zu dem Mund des Sterbenden, um einen Hauch des Bekennens, ein Wort der Beichte von den sich öffnenden Lippen zu erhaschen. Da bedeckte der heilige Georg sein Gesicht mit den Händen und trat von der Stufe des Thrones Gottes herab; denn er, der den Drachen getötet und allen Schrecknissen der Hölle ins Auge geblickt hätte, konnte es nicht über sich gewinnen, zuzusehn, wie ein Ritter zum Sünder gemacht werde von dem es offenbar geworden daß er vor Gottes Angesicht kein Sünder war, da ihn sonst der Herr nicht als seinen Stellvertreter angenommen hätte. Und da beugte der heilige Georg vor Gott sein ritterliches Knie und bat ihn, wenn er nicht durch ein Wunder an dem Rittmeister diesen aus dem Kampfe als Sieger hervorgehen lassen könne, doch dem Tod Einhalt zu gebieten, damit der Sterbende wieder zu Kräften komme. Denn dann, so vertraue er, werde er seiner Angreifer wohl von selbst sich bald genug entledigen. Er gelobe es dem Herrn bei seiner ritterlichen Ehre, daß er nie wieder auch nur für einen Augenblick dem Gedanken Raum geben werde, von seinem Platze zu weichen an den ihn Gottes Wille berufen habe, und gebe hiermit in seine Hände die Bewilligung seines Urlaubs zurück, die so Fürchterliches im Gefolge haben solle, daß ein Ritter ohne Furcht und Tadel durch ihn in Tod und Verderben gerate. Gott aber sprach: »Ich werde dem Tod, welcher mein Bote ist, nicht Halt gebieten noch seine Ankündigung, welche die Sterblichen nimmer trügt, Lügen strafen. Und es ist nicht die Zeit für Wunder auf Erden.« – Nach einer kleinen Weile aber, da Sankt Georg noch immer wartend vor ihm stand, fügte der Herr hinzu: »Doch er dauert mich.« – Dann zog er die Wolke der Unerforschlichkeit um seine Gestalt. Bei diesen letzten Worten ging es dem heiligen Georg wie in einem Dämmern auf, daß Gott, dem Allmächtigen, wohl noch ein anderes Mittel zur Errettung des Ritters aus seiner Anfechtung zu Gebote stehen könne als ein Wunder; irgendein Kunstgriff, von dem die Menschen auf Erden nichts gewahrten und dessen Geheimnis er selbst den Himmlischen nicht preisgab. Und etwas wie eine neue Hoffnung die ihm Ruhe gab überkam ihn, da er von Gottes Thron hinwegtrat und in Ernst und Sinnen dem Himmelstor zuschritt.

Unterdessen waren sie im Sterbegemach des Rittmeisters eifrig am Werk. Der Bischof saß am Lager des Erschöpften, der mit geschlossenen Augen in die Kissen zurückgesunken war die ihm die Priester untergeschoben hatten und die ihn nur noch halb aufrecht zu stützen vermochten. Von neuem – zum wievielten Male – sprach er dem Rittmeister leise nicht ohne Liebe und in einer Hingebung an sein Amt zu, die am Ende ihre überzeugende Kraft auf jedes Menschen Seele äußern mußte, sich ihm zu eröffnen und die Worte der Beichte nachzusprechen, auf welche er ihm die Vergebung seiner Sünden verkünden und er rein vor Gottes Angesicht treten dürfe. Auch der Mesner hatte sich, als die Kräfte des Sterbenden nachzulassen begannen, wieder in das Gemach geschlichen und machte in seinem Innern und vor Gott eine gute Tat daraus, daß er der Schläge nicht mehr gedachte mit denen er noch vor wenigen Stunden von dem Rittmeister bedroht worden war. Er brachte ein armsäliges leichtes eisernes Kruzifix, zwei lange Kerzen und die eingeschlossene Hostie herbei, welche Dinge er auf einer hohen ehrwürdigen hölzernen Truhe, die an der Wand stand, zu einem einfachen Altar aufrichtete. Er zündete die Lichter an und verfehlte nicht durch unermüdliches Schwenken des Räucherfasses dem Bösen die Lust am ferneren Aufenthalt in dem Zimmer zu vertreiben. Bald füllte der süße betäubende Geruch des Weihrauchs den Raum; weißliche Wolken wallten empor bis zur Decke, rollten an ihr hin und krochen an der Wand, an der das Kopfende des Bettes stand, wieder hernieder, langsam, näher und näher, dichter und dichter um das Haupt des Ermatteten, um welches sie hängen zu bleiben schienen wie lastende Regenwolken an einem Berghaupt; und die gelben Flammen der Kerzen behaupteten sich im Dunkel in der Tiefe des Gemachs gegen den ersten kraftlosen Dämmer des Morgens, der durch die herzförmigen Ausschnitte im Oberteil der Läden hineindrang. Vor dem Notaltar stand der Priester, der seinen Vorgesetzten nicht einen Augenblick allein lassen zu dürfen glaubte, und weihte die Hostie in leise murmelndem Gebet. Dumpf und schwer wurde es in dem kleinen Gemach zum Ersticken. Wie der betäubende Geruch, der unabwendbar auf ihn eindrang, schienen auch die Worte des Bischofs dem Rittmeister, der nach Atem rang, unabwehrbar zu werden und weiter gegen sie anzukämpfen schien ihm ebenso vergeblich wie wenn er sich dem Dunkel widersetzt hätte das die Nacht über die Erde verbreitet. Wie willenlos öffneten sich seine Lippen; mit gesteigerter Eindringlichkeit und Erwartung flüsterte der Bischof zu ihm: »Sprecht mir nach: Ich armer sündhafter Mensch bekenne – Ich armer sündhafter Mensch bekenne – sprecht es mir nach, mir, dem Stellvertreter eures Gottes! sprecht es mir nach: Ich armer sündhafter –.« Und leise kam es von den Lippen des Ritters: »Ich armer –«

Aber in diesem Augenblicke geschah es, daß Gott der Allmächtige die angelehnten Läden des Gemachs mit einem leisen Windhauch berührte, so wie er ihn vor der aufgehenden Sonne herzusenden pflegt; da schlugen sie langsam und geräuschlos nach der

Wand des Hauses herum und durch das geöffnete Fenster drang der unermeßliche Atem der Erde, frisch und stark wie sie selbst die eben dem Jungbronnen der Nacht entstieg.

Da fühlte der Rittmeister, wie ihn eine Welle einer wohlbekannten und doch so geheimnisvollen Macht traf, und hielt inne in seinen Worten. Und wie seine Brust davon in einem ersten langen zitternden Zuge trank, fuhr er empor und setzte sich kerzengerade aufrecht in seinem Bette und blickte hinaus. Da schossen die ersten Strahlen der Sonne über die Kämme der Höhen am jenseitigen Ufer und wie ein siegreicher goldener Lanzenhagel in das Gemach, vor welchem die priesterlichen Würden mitsamt dem Mesner geblendet standen und die Wolken geweihten Rauches die Flucht ergriffen wo sie konnten. Aber drüben auf halber Höhe sah man auf schwarzem hagerem Rosse einen Mönch in gestrecktem Trabe talab reiten dessen braune Kutte in der Morgensonne aufleuchtete wie Blut. Als den der Rittmeister gewahrte, schrie er mit dem Aufgebot aller Kraft, als wolle er seine Schwadron hinter sich zum Angriffsammeln: »Hierher, Bruder, zu deinem Rittmeister! – Marsch-Marsch! – « und dann sank er ein wenig zurück.

Die beiden Priester standen bei diesen Geschehnissen bestürzt und ratlos mit dem Rücken gegen die Truhe die ihnen als Altar gedient hatte und von der die brennenden Kerzen keinen Glanz mehr aussandten. Dann aber ließen sie mit einem stummen Blick des Einverständnisses den sie untereinander tauschten von dem Rittmeister ab; denn sie glaubten nicht anders als daß der nahende Mönch sein Beichtiger sei, nach welchem er insgeheim geschickt habe, und bildeten sich wohl ein, seine arme Seele müsse eine besonders schwere Untat zu tragen haben, daß er sie ihnen vorenthalten und nur seinem alten Beichtvater, der ihn kannte, zu bekennen wage.

Es währte nicht lange, so hörte man auf der Straße den eilenden Hufschlag eines Pferdes und kurz darauf das schurrende Geräusch auf den Steinen dicht vor des Rittmeisters Fenster wie wenn ein Reiter sein Tier aus raschem Lauf plötzlich anhält. Und herein trat der Mönch, in unheimlicher hagerer Größe und, ohne einen Gruß für die Würdenträger seines Standes zu haben, mit festem Schritt an das Bett des Sterbenden. Da merkten jene wohl, daß es ein Gewaltiger sein müsse der da eintrat, wenn er auch nur ein Mönch war, und ließen ihn gewähren. Der Mönch aber nahm die Hand des Rittmeisters, durch die ein freudiges Zittern lief als sich seinem Munde die Worte entrangen: »Bruder, bist du endlich da?« Der Mönch antwortete ihm auf diesen Gruß mit einer starken Stimme: »Hätte dir gern noch ein paar Stunden gegönnt; aber als ich drüben meines Weges zog, hörte ich, wie ein Weinbauer zum andern sagte mit dem er zur Arbeit ging: ›Der Rittmeister von der Sonnenweid' liegt im Todeskampf.‹ – Da wußte ich – und habe mich gesputet. – Komm!« –

Darauf neigte er sich über den Mann in dessen Züge der Friede einzukehren schien wie nach einer gewonnenen Schlacht, und die beiden Priester samt dem Mesner, die vermeinten der Mönch verschritte nun dazu, ihm die Beichte abzunehmen, wandten sich nach dem Kreuze um und verharrten auf die Truhe gebeugt im Gebet für seine Seele.

Als sie sich nach einer Weile nicht ohne Zagen umdrehten, war der Mönch verschwunden und auf dem Bette lag das was von dem Rittmeister sterblich war. Die Kissen, die sie ihm stützend untergelegt hatten, waren herausgeschleudert, und so fanden sie ihn mit steifem Nacken gerade ausgestreckt wie eine Stahlstange, und das einzige was krumm an ihm war, war sein Reitersäbel und die Finger der Rechten die ihn wieder ergriffen hatten, so fest als ob sie um den Griff geschmiedet seien. Der Mesner lief neugierig auf den Hof und um das Haus, um nach dem Mönch Ausschau zu halten; aber weder von ihm noch von seinem Pferde war eine Spur zu entdecken. Und die Antwort welche ihm darüber der blöde Bursche aus dem Stall im Vorbeigehen gab, daß nämlich der Mönch mit seinem Herrn, dem Rittmeister, auf und davon geritten sei, sah er, mißtrauisch wie er war, für ein albernes Geschwätz oder einen Schabernack an, obwohl ihn ein Blick davon überzeugt haben würde daß mit dem Mönch auch der Engländer von seiner Kette verschwunden war. Es hat aber späterhin in der Gegend Leute gegeben welche die Auskunft des blöden Stalljungen gar nicht als dummes Zeug abwiesen. Zu denen gehörten zwei Soldaten die den Rittmeister in Begleitung eines Mönchs stromaufwärts auf einer Höhe gesehen haben wollten von der man, da die Bergstraße der Krümmung des Stroms landeinwärts ungefähr folgt, nach seinem Hause und der kleinen Stadt hinüberschauen konnte. Dort hätten die beiden zu Pferde gehalten nicht lange nach der Zeit die man als seine Todesstunde angab und nach einem feierlichen Zuge hingeschaut welcher sich aus dem Hause nach dem Kirchlein zu bewegte. Als den der Rittmeister erblickt habe, sei er in ein kurzes sieghaftes Lachen ausgebrochen und dann, sein Pferd wendend, zur rechten Seite des Mönches davongeritten. Aber diese Stimmen vermochten nie rechtes Gewicht zu erhalten, zumal da die Geistlichen, die wohlwollende Männer waren, es dem Rufe des Rittmeisters nicht antaten, über seine Hartnäckigkeit und seinen erst in der höchsten Not erschienenen mönchischen Beichtiger unnötige Erzählungen in Umlauf zu setzen; und auch unter sich haben sie von dem hoffärtigen Mönch nicht gern gesprochen. Das Lüchslein aber und die Freunde des Verstorbenen hielten eingedenk des Wunsches den er wegen des Engländers geäußert hatte keinerlei Nachforschungen.

Als der Mesner nun nach seiner vergeblichen Umschau nach dem Mönch in das Sterbezimmer zurückkehrte, beeilten sich die beiden Priester ihm aufzutragen, schleunigst alles für die Überführung der Leiche des Rittmeisters nach der Sterbekapelle des städtischen Kirchleins vorzubereiten, und der Mesner glaubte selber daß die irdischen Überreste nicht schnell genug aus diesem Hause des Teufels entfernt werden könnten, damit die himmlische Seele nicht Schaden leide. Also setzte sich schon nach wenigen Stunden ein kleiner feierlicher Zug von der Sonnenweide nach der Kapelle in Bewegung, dem die Anwesenheit des Bischofs eine besondere, von der Bevölkerung gern gesehene Weihe verlieh. Und der fromme, tätige Mann ließ es sich nicht nehmen, selbst eine Messe zum Heile der so schwer errungenen Seele zu lesen.

Zu der Zeit aber war der Rittmeister längst aufrechten Hauptes durch das Himmelstor eingegangen und der heilige Georg hatte ihm die Hand gereicht, eine Ehre von der die ältesten Heiligen sich nicht entsinnen konnten daß er sie einem Neuankömmling erwiesen; und dann hatte ihn der heilige Georg, indem er ihn zu seiner Rechten schreiten ließ, vor Gottes Thron geleitet und nichts drang zu ihm herauf von alle dem was sie seinem Leichnam auf Erden noch antaten.

Weihnachtslegende vom Peitschchen

Drei Kindern erzählt

Als das Jesuskind durch Flandern zog – und es kannte wohl die ganze Welt – kam es mitsamt seiner Mutter in der großen Stadt Gent am Morgen eines Weihnachtstages an. Die ganze Stadt war für das Fest gerüstet. Auf den Straßen drängten sich die Menschen, um auf den Märkten und in den Läden die neuesten und letzten Herrlichkeiten zu erwischen mit denen sie ihren Angehörigen und ihrem Gesinde am Abend eine Freude machen könnten. Vor der großen Kirche St. Baafs, die wie ein gewaltiger grauer Magnetberg über die Stadt und die Menschen emporragte, die Häuser um sich versammelt hielt und die Menschenströme in sich hineinzog, war ein Weihnachtsmarkt errichtet, und die Pfefferkuchenstände, die Buden mit bunten Likören, mit Christbaumschmuck und Kerzen, mit Zinnsoldaten und Zinnlöffeln, mit Pfeifen, Trompeten und allerhand Kinderspielzeug standen hübsch in Reihen geordnet und einträchtig nebeneinander. Da es noch früh am dämmrigen Morgen war, die Leute vom Lande jedoch, um nichts zu versäumen und einen möglichst langen Tag des Betrachtens und Auswählens vor sich zu haben, schon in die Stadt hereinwogten, brannten in allen Ständen über den Auslagen die Lampen und die Verkäufer brachten die erste Ordnung in ihre Sachen, die der vorangegangene Tag etwas in Unordnung gebracht hatte. Gerade am Zugang zum Hauptportal der Kirche behauptete ein großer Spielwarenstand seinen Platz. Da waren Trommeln und Trompeten, Reifen und Kreisel, bunte Glasklicker, Puppen und Kegel, kleine Männchen die in Glasröhren in einer rosa Flüssigkeit auf- und niederstiegen wenn man die Röhre in die Hand nahm, Mundharmonikas und winzige Drehorgeln, die das ›Ehre sei Gott in der Höh‹ in kleinen Tönen von sich gaben wenn man leise die Kurbel drehte. Und gerade hing eine Magd ein buntes Gedränge von blauen, roten und grünen Luftballons, alle eben neu mit Gas gefüllt und prall daß sie knirschten wenn sie aneinanderstießen, an der Ecke der Bude auf, und darunter hing sie ein ganzes Bündel kleiner Peitschen mit geflochtenen Schnüren aus weißem, zartem Leder, gelben Schmitzchen und bunten Stielen. Jeder Stiel aber endete in ein rotes Pfeifchen aus Kirschenholz. Im Hintergrund der Bude aber hinter den langen Brettern und Tischen, auf denen alle die schönen Sachen ausgelegt waren, standen drei Kinder, so blond und auch wohl so alt wie ihr denen diese Geschichte erzählt wird. Ihre Mutter war die Eigentümerin des Spielwarenstandes. Da sie zu so früher Stunde nicht auf Käufer hoffen konnte, war sie noch nicht zur Stelle sondern hatte es der Magd überlassen, die Auslage zu besorgen; und diese hatte die Kinder mitgenommen. Da standen sie nun, und während sie teilnahmvoll und neugierig guckten, wie die Magd immer neue Reichtümer und Herrlichkeiten auspackte und zum Verkauf ordnete, begannen in ihren Herzen Wünsche hin und her zu jagen, begehrliche und vergleichende Gedanken hin und her zu wogen und süße Qualen auf und ab zu ziehen, welcher Gegenstand von allen ihnen wohl am besten gefiele, damit sie ihn sich von ihrer Mutter selbst als Weihnachtsgabe ausbitten könnten. Denn das wußten sie vom letzten Jahr und gedachten es auch diesmal dahin zu bringen, daß ihre Mutter jedem von ihnen erlaubte, sich aus der Fülle der Dinge etwas herauszuwünschen. »Wenn es am Abend nicht verkauft ist,« pflegte dann die Mutter zu sagen; denn der geringe Erlös aus dem Spielzeug ließ es nicht zu daß sie die Dinge von vornherein für sie beiseitestellte. Und dann zitterten die Kinder den ganzen Tag um den gewünschten Gegenstand, und jedesmal wenn ein Käufer herantrat, stieg ihnen das Blut zu Kopf und sie fühlten ihr Herz schlagen. Ging er dann weg ohne, wie sie meinten, ihren Gegenstand entdeckt zu haben, waren sie glücklich. Aber beim nächsten wiederholte sich die Pein.

»Das vorige Jahr hatte ich mir eine Puppe gewünscht,« sagte das eine Mädchen: »aber nach wenigen Tagen zerbrach sie: Ich wünsche mir etwas anderes diesmal.« Dann trat wieder Schweigen und Überlegen ein. Keines wollte sich verraten. »Eigentlich wäre ein Kreisel sehr schön,« sagte das ältere Mädchen, »er zerbricht nicht. Ich sehe Dinge gern die tanzen und sich drehen.« Alle drei guckten nach einem großen Haufen buntbemalter harter Kreisel, die eben aus einem Sack hüpften den die Magd auf den Tisch stülpte. – »Ich wünsche mir einen Kreisel und ein Peitschchen dazu,« sagte die Älteste, die mit sich im reinen war.

Die andern fanden die Idee auf einmal herrlich. »Ich wünsche mir auch einen Kreisel und ein Peitschchen,« sagte das zweite Mädchen, als ob sie nicht gesonnen wäre, zurückzustehen.

»Ich auch,« sagte der Junge, dem es genug war daß die älteren Schwestern entschieden hatten. Und alle drei guckten eifrig und prüfend nach dem Haufen Kreisel auf dem Tisch und nach dem Bündel Peitschchen, das von der Ecke der Bude herabhing.

»Während der Kreisel Schwung hat und sich dreht, kann man pfeifen,« bemerkte der Junge und fand dies sehr beachtlich. Das Pfeifchen am Peitschenstiel mußte doch seinen Sinn haben. »Und dann versetzt man dem Kreisel wieder einen. Und dann pfeift man wieder.«

»Wer am besten kreiseln kann, kann am besten pfeifen,« sagte die Älteste.

»Wenn wir alle drei zugleich pfeifen –!« Dies sagte die Jüngere, sah mit großen Augen in die Ferne und hatte offenbar eine wundervolle Erscheinung.

Während sie so schwatzten, kam inmitten der Menge des Volkes das der Kirche zuströmte das Jesuskind daher. Es war damals schon größer und saß rittlings auf dem treuen Esel, der von den vielen Fahrten – nach Ägypten und in aller Welt umher – nicht mehr ganz frisch war und mit kleinen, andächtigen Schritten in der Menge trippelte. Dem Jesusknaben ging das zu langsam. Vergebens zauste er das Eseltier mit seinen kleinen Händen im zottigen Fell, stieß es mit den Beinchen in die Seiten oder suchte es durch kleine Zurufe zu ermuntern. Der Esel blieb in seinem Gang und die Jungfrau Maria, die lächelnd hinter ihrem Kinde schritt, trieb ihn nicht an.

Wie sie nun in diesem Aufzuge, oftmals gehemmt durch ein sanftes Stehenbleiben des Tieres, vor dem Spielwarenstande anlangten, gewahrte Jesus an der Ecke das Bündel Peitschchen, ergriff, indem er seinen Esel darunter hinwegtrieb, als rechter Herr der Welt eines am Stiel und zog es ohne viel zu fragen aus der Schlinge, in der es mit seinen Kameraden aufgehangen war. Dann schwang er es lustig über seinem Reittier.

»Halt! Nicht!« rief die Magd, und auch die Kinder wollten Halt! Nicht! rufen und krausten die Gesichter. Aber sie brachten keinen

Ton aus den Kehlen. Das Jesuskind blickte sie nur aus seinen unergründlichen Augen einmal freundlich und sieghaft an. Da war es als ob es um sie geschehen wäre. Der Atem stockte ihnen, alle drei griffen nacheinander als müßten sie sich an etwas festhalten, und in einer süßen Bangigkeit der Herzen folgten sie mit den Augen dem wundersamen Knaben, der sie mit einem einzigen Blick in seinen Bann getan hatte wie sie wohl selbst ein paar Wasserkäfer in ein Glas steckten.

»Wer ist denn das?« fragten sie einander leise ohne sich anzusehen. Und als nun gar noch eine überirdische, hohe Frau an ihnen vorüberzog und sie mit einem seltsam fremden Gruß zu streifen schien, und es ihnen so ganz weihnachtlich zumute wurde, da sagte die Älteste vorsichtig:

»Es könnte beinahe das Christkind gewesen sein.«

»Was du nur immer hast!« sagte die Jüngere und war dabei froh daß ihr die Schwester eine plausibele Erklärung für den Zustand ihrer Sinne unter den Fuß gegeben hatte; »natürlich war es das Christkind! Einem andern Kind hätten wir das Peitschchen doch gar nicht gelassen.«

»Welches war das Christkind?« fragte der Junge, der sich selbst noch nicht begriff. »Wenn ihr es gesehen habt, will ich es auch gesehen haben.«

»Das auf dem Esel,« sagten die beiden andern nun sehr bestimmt, da sie ihren Vorsprung fühlten.

»Das auf dem Esel? Ja!« sagte der Knabe.

»Wenn es nicht das Christkind gewesen wäre, hätte es ja auch das Peitschchen gar nicht nehmen dürfen.«

»Besonders hätten wir aber doch einem andern Kind das Peitschchen gar nicht gelassen,« sagte das zweite Mädchen wieder. »Und wir mußten es ihm doch lassen.«

In diesen Worten fanden die Kinder eine vollkommene Sicherheit und alle drei waren so gewiß, das Christkind von Angesicht zu Angesicht gesehen zu haben, wie es gewiß war daß sie die Kinder ihrer Mutter waren. Und dann kam ihnen immer wieder der wundersame Blick des schönen Knaben, der Gruß der hochgewachsenen

Frau wie in einem verklärten Schein zurück und erfüllten sie mit einer geheimnisvollen Erregung. Die Morgenglocken von St. Baafs erklangen feierlich über ihnen und der Weihnachtstag mit seinen Wundern zog herauf. Die Kinder hatten den Christusknaben gesehen und wer es ihnen bestritten hätte, den hätten sie mitleidig ausgelacht.

Da kam die Mutter. »Mutter, wir haben das Christkind gesehen,« riefen sie alle drei. Aber es war ihnen gar nicht lieb, als ihre Mitteilung nicht recht verfing, die Mutter vielmehr nur belustigt schien und sagte: »So? Da habt ihr was Rechtes gesehn! Und was wünscht sich nun jedes zu Weihnachten?«

Daß das Christkind das Peitschchen genommen hat, sagen wir jetzt besser nicht, dachten die drei und antworteten lieber auf die Frage ihrer Mutter. »Ich wünsche mir einen Kreisel und ein Peitschchen,« sagte die Älteste. »Und ich auch,« sagte die Jüngere. »Und ich auch,« der Junge.

»Wenn es am Abend nicht verkauft ist,« erwiderte die Mutter und betrat den Stand. Die Käufer drängten sich, der kurze Tag brach an, die Lampen wurden gelöscht, und auch für die Kinder verschwanden die Ereignisse des Morgens im Grau des Tageslichts und im Gesumme des geschäftigen Treibens auf dem großen Markt. Zudem begann die Qual der Erwartung sie zu bewegen und zu erfüllen, ob denn für jedes am Abend ein Kreisel und ein Peitschchen übrig sein werde. Und dies alles beschäftigte sie zu sehr als daß sie an anderes hätten denken mögen. Jedesmal wenn ein Käufer herantrat und einen Kreisel oder ein Peitschchen verlangte, gab es in drei kleinen Herzen drei kleine Stiche, und wenn einer einen Kreisel mitsamt einem Peitschchen kaufte, waren die drei Stiche in den drei Herzen noch deutlicher fühlbar.

Aber ihre Qualen wurden immer größer und ihre Gesichter immer länger. Der hochgetürmte Haufen von Kreiseln nahm reißend ab und das dicke Bündel Peitschen wurde schmächtig und schmächtiger. Noch einmal schüttete die Magd einen Sack Kreisel auf den Tisch und noch ein Bündel Peitschen wurde an der Ecke der Bude aufgehangen. Dann war der Vorrat erschöpft. Die Kinder merkten gar nicht daß auch die Puppen weniger wurden und die Trommeln und die Glasröhren mit den steigenden Männchen und

die Spieldosen und die Bälle. Als der Tag vorüber war und die
Stände überall geschlossen wurden, war in dem ihren alles ausver-
kauft. Nur drei Kreisel, die ganz allein aus der Fülle der Dinge üb-
riggeblieben waren, lagen verlassen an der Stelle wo der Haufen
gewesen war. Aber kein Peitschchen mehr war da, sie anzutreiben,
und so schienen sie völlig nutzlos und überflüssig.

Die Mutter überblickte ihren Stand, freute sich des flotten Ge-
schäfts und guten Erlöses den ihr der Tag gebracht, und hatte die
Kinder ganz vergessen. Jetzt bemerkte sie sie wieder, wie sie traurig
dasaßen und ihnen das Weinen nahe war.

»Nun? – Was ist?« fragte sie. Aber das war schon wie ein Stoß.
Die Kinder brachen in helle Tränen aus und schnelle Perlchen rollten unaufhaltsam über ihre Kittel.

»Nun haben wir kein einziges Peitschchen,« jammerten sie
durcheinander; »was sollen uns jetzt die Kreisel!« Die Mutter rückte
zwischen sie, wußte aber noch keinen Trost.

»Und das letzte Peitschchen hat uns das Christkind auch noch
weggenommen,« klagte der Junge.

»Das Christkind –?« fragte die Mutter.

In diesem Augenblick öffneten sich, langsam und weit, die Flügeltüren am Hauptportal von St. Baafs, was sonst nur bei den feier-
lichsten Gelegenheiten geschah; denn die Menschen gingen seitlich
durch zwei kleine Pforten ein und aus. Die Flügeltüren öffneten
sich, und heraus trat die überirdische Frau die in der Frühe die
Kinder so seltsam gegrüßt hatte.

»Das ist sie, die mit dem Christkind war!« flüsterten die Kinder
und krochen eng an ihre Mutter heran. Und während alle vier kein
Auge von der Gestalt verwenden konnten, schritt diese ruhig auf
den leeren Verkaufsstand zu und der Weihnachtsschauer ging vor
ihr her. Wieder wie am Morgen stockte den Kindern der Atem,
wieder griffen sie nach einander als müßten sie sich an etwas festhalten, und in einer süßen Bedrängnis der Herzen ergaben sie sich,
daß ihnen etwas widerführe was ihnen nie wieder in ihrem Leben
widerfahren würde. Die Frau aber trug das Peitschchen in der
Hand, das Jesus in der Frühe aus dem Bündel an der Ecke der Bude

herausgezogen hatte, reichte es mit einer unnachahmlichen Bewegung der Mutter hin und sprach:

»Dies Peitschchen gehört wohl in diesen Stand.« Darauf streifte sie Mutter und Kinder mit ihrem Gruß, wendete sich und trat, wie sie gekommen, in die große Kirchentür zurück, deren Flügel sich hinter ihr schlossen.

Den Kindern war es eng und heiß und doch auch wieder weit und frei, und obzwar sie anfänglich etwas enttäuscht schienen wie über ein halbes Glück, ging ihnen doch bald der Sinn auf: daß sie nämlich nun gar kein Peitschchen hätten, weil es längst mit den andern verkauft worden wäre, wenn das Christkind ihnen nicht am Morgen dieses Tages eines weggenommen hätte. Da wurden ihre Augen hell und sie sahen einander an.

Die Mutter küßte ihre Kinder. Wie auf Verabredung ergriff jedes einen der drei Kreisel, alle drei faßten das Peitschchen an, als ob es ein langer Spieß gewesen wäre, und so trugen sie ihre Geschenke in einem glücklichen kleinen Triumphzug nach Hause.

Mit dem Peitschchen hatte es aber eine besondere Bewandtnis. Denn obgleich ein Peitschchen für drei Kreisel und drei Kinder reichlich wenig schien, so entstand doch nie ein Streit darum. Es wurde den Kindern wie zu einem Wahrzeichen, daß Menschen alles miteinander teilen können.

Seit jener Zeit geht in Flandern eine Redeweise. Wenn mehrere so recht miteinander einig sind, sagt man wohl von ihnen: Ach die! die haben ein Peitschchen miteinander.

Keuschheitslegende

Im wonnevollen Herzen deutscher Lande, wo kräftige und mutige Gebirge die Pracht ihrer Wälder zur Sonne recken und die Kühle ihrer Täler in tausend Blumenwiesen ausatmen, sprang an einem frischen Julimorgen ganz in der Frühe, als alles noch heilig still war, die Menschen noch schliefen und das Vieh noch in den Ställen brüllte, ein schlankes feines Mädchen in einem absonderlichen Gebaren in langen Sätzen, wie gejagt, eine große tautriefende Wiese hinan die hinter einem Dorf zu höher gelegenen Feldern und Anpflanzungen emporstieg. Seit Anbeginn der Welt sind die weiblichen Wesen unter den Menschen, gleichviel ob jung ob alt, von so sonderbaren Anwandlungen heimgesucht worden daß sie sich bescheiden müssen, sich selbst nie ganz zu verstehen. So verstand sich wohl auch jenes Mädchen nicht ganz, als es, so wie es eben aus seinem Bett geschlüpft war, mit nicht mehr als seinem verwachsenen Kinderhemdchen angetan, sonst völlig nackt, durch das nasse Gräsermeer eilte das seine Schenkel umstreifte. Jeder Tritt enthüllte das Ungewohnte ihres Beginnens, das weder ihren Jahren noch ihrer Art anstand. Denn sie war in dem Alter in dem der Mond ein Kind mit dem ersten unverstandenen Leid bedroht, und ihr zarter unbäuerlicher Gliederbau, die helle Haut und ihre schamhafte Eile verrieten daß ihr sonst wohl Schuh und Rock und auch feines Linnen am Leibe geläufige Dinge waren. Nur zwei große leere Blumenkörbe, die sie an langen Henkeln in den Händen schwang, schienen ein gewohnteres Zubehör zu ihr vorzustellen.

So eilte sie in den schwingenden und doch unbeholfenen Sprüngen durch die blumige hemmende Flut und verschwand am Ende der Wiese in einem Blumengarten der dort, von den Gehöften des Ortes eigensinnig getrennt, sein sonnenwarmes, wohlgehegtes Dasein führte.

Der Garten gehörte dem Mädchen; oder, wenn er ihr nicht gehörte, so schaltete sie doch wie eine Herrin in ihm. Denn sie betrieb einen Blumenhandel nach ihrer Art und jeden Morgen schnitt sie in dem Garten ihren Vorrat, legte ihn enggepreßt in ihre Körbe und verkaufte ihn in den belebten Brunnenanlagen der Stadt, in die sie täglich der Frühzug hinunterführte. Am Abend, oft schon am Mit-

tag, kehrte sie mit leeren Körben in ihr kleines Zimmer heim, das
auf dem Dorfe im Gehöft des reichen Sägemüllers lag und eben
über die schöne große Wiese hinauf nach ihrem Blumengarten und
den Wäldern sah, die mit langen Armen von den Höhen herunter-
reichten.

Sie gehörte indessen nicht zu den Leuten des Dorfes; vielmehr
hatte sie sich, man wußte nicht wann noch wie, in der Behausung
des Sägemüllers festgenistet und allmählich mit Glück und Sach-
kenntnis jenen Blumengarten angelegt. Da der Sägemüller mit allerhand Menschen in der Stadt zu tun hatte, mochte auch sie daher
stammen. Man nannte sie im Dorf das Evlein; aber obschon die
Geschichte in jenem Teil Deutschlands sich ereignete wo man sich
nicht schämt, Namen verkleinernde Endungen anzuhängen und so
ihre Träger von den anderen gleichen Namens sinngemäß zu unterscheiden, so ist es nicht sicher, ob in diesem Fall nicht eher die Vorstellung einer Efeuranke in ihrer sittsamen Schlankheit dem Kind
den Namen eingetragen hat und er daher richtiger Efeulein hätte
geschrieben werden sollen. Im übrigen kümmerte man sich absicht-
lich nicht um sie; man wußte kaum daß sie da war. Sie war den
Leuten zu fein und zu fremd und ihr Garten galt fast für ein kleines
Zauberreich, in dem Blumen und Kräuter wuchsen wie man sie nie
gesehen und in das es keinen Eintritt gab. So wußte niemand etwas
Rechtes mit ihr anzufangen und sie tat nichts, um die Ferne in der
die Leute des Dorfes sich von ihr hielten zu verringern.

Freilich hatte sie sich's noch nie beikommen lassen, halbnackt
über eine große Wiese zu springen noch in anderer Weise die Gedanken oder das Gespräch auf sich zu lenken. Und wenn auch in
der Herrgottsfrühe jenes Tages, als sie über die Wiese zu ihrem
Garten hinaufsprang, kein Mensch weit und breit zu sehen war, so
mochte dies anders sein, wenn sie mit gefüllten Körben langsam
und fürsichtig zu ihrem Türchen zurückzukehren hatte. Schon
wurde es hinter den Staketen und Läden der Fenster lebendig und
mit den Lauten der Tiere mischten sich Laute von Menschen. Aber
alles das kümmerte heute das Evlein nicht. Und wenn sie auch jetzt
erst gewahrte daß ihr Hemdchen, in dem sie sich sah, ihrem eigenen
Wachstum nicht gefolgt, viel zu kurz war und kaum noch die
Schenkel bedeckte, so focht sie das nicht an. Ja, sie brüstete sich eher
ein wenig in ihrem Innern damit daß sie dem Einfall, der sich zu ihr

mit der Morgenluft hineingedrängt als sie ihr Fenster öffnete, Einlaß gewährt hatte wie einem ersten Geliebten, der ihr gleichwohl nicht zu nahe tun durfte. So füllte sie, in das wohlige Gefühl ihrer Anwandlungen verschanzt, die Füße frisch gebadet vom Tau, den Leib dem ersten Sonnenspiel preisgegeben, Brüste und Schultern von tropfenden Blüten und Ranken kühl bis zum Schauern berührt, lächelnd ihre Körbe. Dann machte sie sich auf den Heimweg.

Vorsorglich und eng preßte sie mit angelegten Ellenbogen die beiden übervollen Blumenlasten unter die Brust und schritt behutsam mit kleinen Schritten den Rain hinab der sie zu ihrem Hause führen sollte, als sie sich plötzlich, die Augen erhebend, einer wunderschönen Frau gegenübersah, die in einem seltenen, ausgesuchten Gewände auf jenem Raine aufwärts schritt. An der Hand führte die Frau ein himmlisch schönes Kind, einen Knaben, dessen Haupt ein heller Schein umgab. Es schien dem Evlein, als ob dieser Schein fast die Schönheit der königlichen Frau ein wenig verdunkele. Der Knabe war ganz nackt und stapfte durch den Morgen wie ein glückstrahlendes Menschenkind das selig ist, seinen Leib von dumpfer Berührung jedes Kleides frei in einer ersten frohen ihm erlaubten Heldentat der Luft, dem Licht preisgeben zu dürfen.

Nun weiß jeder daß es Frühlingstage auf Erden gibt, so schön, daß alle himmlische Herrlichkeit die man sich erdenken mag keinen Vergleich mit ihnen aushält. Was Wunder, wenn Himmlische an solchen Tagen auf Erden wandeln? So begab es sich daß in der Frühe jenes Tages die Jungfrau Maria zur Erde herabgekommen war und den Jesusknaben mit sich genommen hatte, um ihn an einem deutschen Sommermorgen zu zeigen, wie herrlich die Welt war die sein himmlischer Vater erschaffen hatte. Ein silbernes Netz von Tau war feinmaschig über die Wiese geworfen, und jedem Gras, dem ärmsten auch, waren Tropfendiamanten aus einem unermeßlichen Reichtum ausgestreut. Ein leiser Wind strich über alle die vielen sich neigenden Köpfe von Blumen und Halmen wie eine unendlich linde Hand die keines der Köpfchen vergaß. Der Himmel schwang weithin von Lerchengesang, ganz zart, hoch, unsichtbar, und die ganze weite Welt war in eine Innigkeit von Farbe und Licht getaucht, wie sie keine andere Sonne zu spenden vermag als die welche ein deutsches Wiesental an einem Frühlingsmorgen bescheinen darf.

Durch diese Pracht schritt das Christuskind mit seiner königlichen Mutter arglos und sorglos dahin als rechter Herrscher, der all die Herrlichkeit in seinem Reich nicht zu bestaunen braucht. Als es vor dem Evlein angekommen war, da mußte es freilich einhalten, die Tauperlen mit seinen nackten Füßen von den Gräsern zu streifen. Denn seine Mutter blieb stehen und mit ihr zugleich stand der Knabe, den sie an der Hand hielt. Und er erschauerte ein wenig vor der Kühle des Grases und der Süßigkeit des Windes.

Das Evlein blickte bald auf die hohe Frau bald auf das Kind und wußte nicht was sie auf dem Rain festbannte, daß sie nicht zur Seite auf die Wiese trat um die Himmelskönigin vorübergehen zu lassen. Staunend stand sie – eine atemlose Ewigkeit.

Dann glitten wie unter einer sanften Gewalt die Blumenkörbe langsam von ihren sich streckenden Armen zu Boden. Während ihre Blicke auf dem schönen Knaben haften blieben, streifte sie in einem wortlosen Mitleid mit seiner Nacktheit ihr von dem jungen Körper erwärmtes Hemdchen über den Kopf und ließ es über die Gestalt des Kindes herniederfallen, wozu die Himmelskönigin mit einem Lächeln eine kleine Hilfe leistete.

Da stand nun das himmlische Kind mit einem irdischen Hemd bekleidet und genoß verlegen ein ihm fremdes und doch wohliges Geschenk. Seine Mutter aber nahm es wieder bei der Hand, dankte dem Evlein mit einem Blick und gedachte ihren Weg durch diese Welt fortzusetzen, als sie gewahrte, wie das Mädchen stumm seine Körbe aufnahm und nun selbst nackt und bloß ihren Weg den Rain hinab zu beenden sich anschickte. Das Mädchen sah sich nicht um; still versunken ging es dahin und gewahrte von der Welt nichts mehr. Sie trug ihre einfache gute Tat in ihrem Herzen nach Hause wie eine unbeschreibliche Kostbarkeit. Als die Mutter Gottes sie so enteilen sah, erschrak sie ein wenig. Und in ihrer himmlischen Vorsicht warf sie aus ihrer unergründlichen Unberührbarkeit einen Anteil als Gnade über die Gestalt und das Wesen des Mädchens, groß genug, daß kein irdisches Auge ihr je mit begehrlichen oder lästigen Blicken nahen durfte, mochte sie noch so nackt und bloß sein.

Vorerst freilich schien die Gabe der Himmelskönigin nicht in Wirksamkeit treten zu sollen, denn es blieb alles still in der Wiese und hinter den Häusern. Scheinbar ungesehen verschwand das Evlein in seiner Tür.

Doch sie war belauscht. Ein deutscher Student, der an diesem Tage ausgegangen war dem Herrgott den Morgen zu stehlen, saß am Rand des Waldes, der die große Wiese an einem Saum nach oben begleitete, klappte sein Buch nicht auf, das er zu seiner Erbauung mitgenommen hatte, sondern ließ sich stumm die Köstlichkeit dieses Morgens in die Augen träufeln. Alle Schauspiele, die in der Frühe des Tages sich den Rain hinauf und hinab spielten, hatte er mit ansehen dürfen als der einzige dem sie als Zuschauer gespielt wurden. Er hatte das Evlein hinaufspringen sehen in seinen Blumengarten und über ihren Aufzug lustig gelacht; denn er kannte sie wohl und war niemand anders als der Sohn des Sägemüllers, in dessen Hause das Evlein sein Unterkommen hatte. Dann war von unten her die schöne Frau mit dem Kinde erschienen und von oben her das Evlein mit den Blumenkörben, und er machte weite Augen, als der seltsame Stillstand auf dem schmalen Wiesenrain mit dem Wegschenken des Hemdes endete. Aber ein Staunen ging in ihm auf, größer als alles Augenaufsperren über die Wunder dieses Morgens, da er nun dem Evlein mit den Blicken folgte, als es in seiner keuschen Nacktheit mit der Gnade der Himmelskönigin angetan seinem Türchen zustrebte. Denn als sie so dahinging, da war es, daß alle Herrlichkeit die in jenem Wiesental versammelt war nur hinter ihr stand wie ein Vasall der ihr zu dienen hatte, daß alles Licht und Sonnengefunkel nicht mehr war wie ein Geschmeide für ihren Leib, und daß der Wind neben ihr über die Wiese schritt wie ein Edelknabe den sie an ihrer Seite duldete.

»Das ist das schönste Gefäß des Lebens das ich je schauen werde,« rief der Student indem er aufsprang, »und mag der schönste Leib sein den je eines Mannes Arme halten dürfen.« Aber sie entschwand ihm in einer Reinheit die ihm die Augen übergehen machte.

Seit jenem Tage trug das Evlein kein Hemd. Sie gedachte damit ein kleines eigensinniges Gelübde durchzuführen; denn es schien ihr kein rechtes Geschenk zu sein, wenn sie die Sache die sie preisgab durch eine andere hätte ersetzen können. Ihr Hemd trug das Christkind; sie sollte, wie sie meinte, keines tragen. Auch war ihr die ganze Handlung, durch die sie es verlor, zu heilig, ihr Rückweg in ihrer Nacktheit zu wonnig und feierlich erschienen, als daß sie nicht diese Gefühle in etwas festzuhalten oder zu versinnlichen bestrebt gewesen wäre. So zog sie nicht mehr als ein dreieckiges Tuch oder wohl eine Jacke um Brust und Schultern. Aber sie liebte es, mit nacktem Oberkörper zu gehen, während sie ihr Gelübde im übrigen nicht weiter über ihren Körper ausdehnte. Kein Blick, kein Gedanke nahte sich ihr der etwas anderes in ihr gesehen hätte als die keuschesten Formen; und der Schutz der Himmelskönigin schien ihre Vorliebe zu heiligen. Wohl wurde mancher auf sie aufmerksam, wenn der schöne Leib sich zwischen den Blumen ihres Gartens zeigte oder wenn sie mit der Herde des Dorfes heimkam, der sie stundenlang nachfolgen konnte. Dann hing ihr Tuch offen herab, die Brust flog vor Lust und Kraft, und die ebenmäßige Bronze ihrer Haut glänzte in der Abendsonne. Aber alle ihre Bewegungen waren frei, unschuldig und stark, gleichsam unwiderstehlich, so daß sie wohl viele bewunderten, doch keiner ein Arg in ihr finden konnte. »Sie hat ihr Hemd dem Christusknaben weggeschenkt«, sagten die Leute im Dorf, gläubig oder ungläubig, und begnügten sich damit. In der Stadt aber, wo diese Erklärung ihres Eigensinns weniger bekannt war, bedurfte es ihrer auch nicht. Die Menschen erfreuten sich eher an dem schlanken entblößten Nacken, den schön geformten Armen und der zarten Wölbung der Brust, wenn sie unter der losen Verknotung sichtbar wurde, als daß sie Bemerkungen darüber gemacht hätten. Denn die Stadt hatte eine harmlosere und lustvollere Auffassung der nackten Formen des menschlichen Leibes als den Gewinn einer aufgeklärteren Zeit schon in sich aufgenommen.

Der Student, der sie belauscht, und das Evlein fanden sich, weil es der Natur in diesem Falle gefiel, zwei Menschen einander zuzuführen die füreinander bestimmt waren, während sie sie häufig genug in aller Welt herumtreibt und es ihnen eigensinnig überläßt sich zu suchen. Vor einer Anzahl von Jahren hatte der Sägemüller das Evlein, dem von vermögender Seite ein dauerndes Unterkommen bei ihm bestellt war, aus der Stadt in sein frauen- und tochterloses Haus genommen, wo eine ältere biedere Schwester mehr abseits von seinen Gefühlen Aufsicht und Wirtschaft führte. Damals war das Kind, einer vornehmen Erziehung nur halb entwachsen, zur Kräftigung seines zarten Leibes in ländliche Umgebung und dem Atem der Wälder nahe gebracht worden. Doch schien die Vorsicht übertrieben; sie war noch nicht lange unter dem neuen Dach, als sie so stark und gesund war wie irgendeines der Kinder im Dorf. Nur war sie schlanker und ihre Glieder wiesen jene durchgebildeten, bestimmteren Formen auf, die das Vorrecht von Edelgewächsen ebensowohl unter den Pflanzen wie unter Menschen und Tieren sind. Der Sägemüller liebte das kindliche Geschöpf, das ihm in Wesen und Erziehung wohl in etwas die Erinnerung und ein jugendliches Widerspiel einer Frau zurückbrachte die er früh verloren hatte. Ihre Erbschaft war ein sich ewig gleichbleibendes schmerzliches Gedenken und sein Sohn Konrad, mit dem nun das Evlein gemeinsam aufwuchs. Dieser, mehr nach seiner Mutter als nach seinem Vater geschlagen, fühlte sich dem Mädchen bald verwandter als irgendeinem Kinde seines Heimatdorfes, hielt zu ihr in allen Dingen und verließ sie, als er zur Beendigung seiner Schulausbildung eine höhere Anstalt aufsuchte, als ihr rechter Ritter der sie dereinst erobern würde.

Konrad, der jede seiner freien Wochen getreulich zur Gespielin seiner Knabenjahre heimkam, bezog nach kurzer Zeit die Universität. Wenn er auch dereinst das Sägewerk und die ausgedehnten Geschäfte seines Vaters mit kostbarem Bauholz zu übernehmen bestimmt war, so fand er es doch für gut, sich in der Welt und in Künsten und Wissenschaften zuvor gebührlich umzusehen und seinen Gewinn an Bildung und Kenntnissen daraus davonzutragen.

Während seiner ersten Ferien war es, daß der junge Student jenes Schauspiels Zeuge ward, in dem er das Evlein nackt und bloß und doch in einer unvergleichlichen Glorie den Rain hinabschreiten sah der zu seines Vaters Hause führte. Dieser Unschuld, dieser Schönheit Schützer und Bewahrer zu sein, war das reine Gelöbnis, die schwärmerische Bestimmung, die er aus dem heimatlichen Tal mit sich in die Welt und sein junges Leben hinausnahm.

Als er nach Jahr und Tag heimkehrte, begann zwischen ihnen das ewig unbeschreibliche Spiel der ersten, heiligsten Liebe. Mit einer leisen unwiderstehlichen Gewalt, der nur die unterliegen welche wahrhaft lieben, zogen sie sich an. Wie aus dem Reis der Baum wird so war aus der Liebe des Knaben die Liebe des Mannes geworden.

Hinter dem Sägewerk, abgewendet von der Straße und dem großen Holzplatz, wo die Stämme kamen und gingen, lag, wie das Zimmer des Evlein und ihre Einschlupftür auf die große Wiese hinausblickend, ein kleiner grüner Platz. Das murmelnde Gerinnsel des hier schon seiner Hauptkraft beraubten nach dem Werke abgeleiteten Baches trennte ihn von der Wiese, während der stärkere Arm des Wassers, das in künstlichem glattem Bett eilig der Sägerei zuströmte, ihn im Rücken umfaßte. Auf dieser grünen Insel, die dergestalt zwischen den ungleichen Bacharmen entstanden war, lagen einige dicke bejahrte Eichstämme geschichtet, die aus irgendeinem Grunde einmal der Säge entgangen waren, und bildeten eine natürliche Bank von breiten, ehrwürdigen Ausmaßen. Eine dichte Reihe starker Erlenbüsche erhob sich dahinter und entzog den Ort den Blicken, die vom Werkplatz oder dem Hof ihn hätten erreichen können. Gedämpfter klangen das Geräusch des Gatters und das Gezisch der Sägen herüber und hielten mit ihrer Gleichmäßigkeit alle anderen Geräusche nieder, die zu diesem Schlupfwinkel und Heiligtum der Liebenden dringen mochten.

Dort war ihr liebster Aufenthalt. Dort fanden sie sich ohne sich suchen zu müssen nach dem Werk ihres Tages. Dorthin gingen sie und ruhten, wenn der Tag heiß war, im Schatten vor der Mittagsglut. Dorthin brachte Konrad das Buch aus dem er ihr vorlesen, das Bild das er ihr zeigen wollte. Dorthin brachte er das Schmuckstück das er ihr beim Goldschmied in der Stadt gekauft. Dorthin brachte er wohl des Abends einen Freund mit herauf, auf den er stolz war und den er also dem Evlein zeigen mußte. Sie aber brachte nie jemanden mit. Dort auch sprachen sie von den Wundern der Natur, vom Gehen der Sterne, von dem Keimen der Pflanzen, von den Trieben der Tiere, von Geburt und Tod. Dort auch erzählte Konrad der Geliebten, wie er sie damals belauscht als sie nackt über die

Wiese ging; wie damals alle Herrlichkeit des Wiesentals nur ihr zu dienen ausgebreitet schien, und wie ihm die Augen übergegangen seien während sie ihm im Glanz verschwand. »Damals waren wir Kinder,« sagte das Evlein, »und du zumal warst ein Schwärmer.«

In der inneren Sicherheit und Freiheit, die ihr das Geschenk ihrer Keuschheit gab, freute sich das Evlein, Konrad zu allen Stunden nahe sein zu dürfen. Er fühlte ihre Unberührbarkeit und seine Liebe war ehrfürchtig und unbegehrlich. Keines ahnte daß die Gabe, die ihr die seligsten Stunden frei zu genießen erlaubte, zugleich sie ewig voneinander trennte. Noch waren sie nicht wissend und glücklich. Wenn er in den unschuldigen goldigen Grund ihrer Augen sah, so tauchte er in eine unauslotbare Seligkeit hinab und wußte daß nichts auf der Welt dem gleich sei. Sie aber verankerte sich in seinen Blicken mit allen heimlichen Garnen und offenen Listen, über die ein weibliches Herz gebietet um sich der Liebe eines Mannes zu versichern. Sie schwuren sich nicht, sich nie zu verlassen: sie wußten daß sie einander nie würden lassen können. Wenn sie beisammen waren, so war ihnen wohl, ob sie sprachen oder schwiegen, und wenn sie getrennt waren, fühlte eines das andere wie einen unermeßlichen Schatz und Reichtum den ihnen niemand streitig machen konnte. Ihre Keuschheit führte das Evlein unterdessen zu einer Schönheit deren Formen von jener Eigenschaft allein festgelegt, ja erzwungen schienen. Alles war vollkommen an ihr, bestimmt und unwiderstehlich; nichts aufgelöst, gemildert, nichts noch wünschbar oder anders zu denken. – Eines Abends brachte Konrad einen jungen Bildhauer aus der Stadt herauf, der von ihrer Schönheit gehört und den Wunsch geäußert hatte, sie in einem marmornen Bildnis festzuhalten. Während der nächsten Tage saß ihm das Evlein in ihrer sorglosen, ja freigebigen Art. So oft aber der Künstler ihre Formen aus dem Stein heben wollte, so oft der Meißel, der Linie ihres Körpers ganz nahe, diese im Stein erreichte, zerbröckelte der Marmor unter der Spitze.

»Werden auch mir diese Formen unerbittlich sein? Ist selbst meinem liebenden Begehren dieser Leib unnahbar?« dachte Konrad, als er am Abend erfuhr was sich zugetragen. Verstört suchte er sein Lager auf, mit dem Wunder beschäftigt.

An einem der nächsten Tage, als das Evlein ermüdet in ihrem Inselheiligtum auf seinen Knien eingeschlafen war, wurde ihm Gewißheit. Er folgte mit den Augen den geliebten Linien des entblößten Nackens, der Schultern und der ruhig atmenden Brust und fühlte, daß er diesen Leib nie würde erobern können. Diese reinsten unschuldigsten jungfräulichen Formen, so nahe, so arglos vor ihm ausgebreitet, geboten ihm halt, als ob er sie zerstöre wenn er die Hand danach ausstrecke; wie wohl ein Mensch plötzlich vor dem zarten Wunder einer blühenden Ranke, die im Walde über seinen Weg fällt, haltmacht und es nicht über sich gewinnt, sie zu zerreißen. Eine geisterhafte Scheidewand war zwischen ihm und ihr errichtet und er war ohnmächtig, sie niederzulegen. Ein unsagbarer Schmerz überkam ihn. Er barg sein Gesicht in der Hand und weinte still. Da fiel ein heißer Tropfen auf die nackte Brust des Evlein und sie erwachte. Als sie ihn fragte, warum er weine, sagte er, er wisse es nicht. »Vielleicht vor Glück«, antwortete er unter Tränen, da sie weiter in ihn drang. Aber sie war nicht ganz zu beschwichtigen und eine Wolke des Zweifels zog in ihr Herz.

Die Liebe Konrads und des Evlein war im dritten Jahr. Der Sommer stand im Land. Auf den Weiden brüllte das Vieh und über die Koppeln zitterte das helle Wiehern der Stuten. Die Büsche erschallten vom Gezirp und Werbegezwitscher der Vögel, die Bienen summten dumpf und betäubend um blühende Bäume, das Wild schrie in den Wäldern, und das Dunkel war voll von dem Gebuhl von tausend Wesen. Ein süßer schwerer Duft ging durch die Nächte, und alles machte die Zeit schwer zu tragen für die welche liebten. –

Das Evlein saß in seinem Forellenbach im Bade. Dies war ein geräumiges Becken des Bachs oben im Tal, wo er noch nicht in gleichmäßigem Gefäll dahinlief sondern in Sprüngen von Fels zu Fels fiel und sich mit vielfachen Aufenthalten einen ungeregelten Weg suchte. Dort hatten winterliche Wasserstürze ein tiefes Rund zwischen moosiges Gestein eingelassen, das jetzt zur Sommerszeit, von zahmeren Sprudeln und Fällen genährt, dem Bach eine Ausruh gab. Dorthin flüchtete das Evlein, wenn der Tag zu heiß war oder ihre Sinne ihr zu warm machten. Die Forellen sonnten sich auf dem schimmernden Kiesgrund; aber sie schossen bereitwillig und eilig davon, noch ehe das Mädchen seine Füße darauf setzte.

Das Evlein tauchte den Leib in das kühlende Kristall das sie eiskalt umspannte. Es war ihr heiß zu Sinn und sie wußte wohl warum. Sie brannte vor Liebe. Sie wußte daß Konrad sie liebe, und konnte nicht fassen, was ihn von ihr fernhielt. »Ich sehne mich nach ihm,« sagte sie leise zu sich und doch so als ob sie sich in einem Geständnis befreien müßte. »Warum umfängt er mich nicht? Weiß er nicht daß ich die Glücklichste unter der Sonne wäre wenn er mich in seine Arme schlösse?«

Während sie regungslos dasaß, bis an die Brust im Wasser, hob sich ihr Bild aus dem Grunde zu dem still sich einstellenden Spiegel der Oberfläche empor. Da stellte sie sich leise auf die Füße, um es zu vergrößern, und mit vorgebeugtem Leib und halb erhobenen Armen wartete sie, bis es, nun größer, wiederkehre. Sie gierte danach, sich zu erblicken. War denn etwas Abstoßendes in ihren Zügen, ihren Formen? Das Bild stieg von neuem empor und versuchte zitternd auf der schwankenden Fläche sich festzuhalten. Sie suchte es mit angehaltenem Atem und erblickte sich. Eine unvergleichliche Anmut schimmerte ihr aus dem Rund des Spiegels entgegen und zauberte ein zartes Überraschen auf ihr Antlitz. Aber in dem Maße wie das Bild klarer und klarer wurde, schien es ihr wohl noch schöner aber weniger lieblich zu werden, und sie zerstörte es ärgerlich mit einer Bewegung des Fußes die den Sand aufwirbelte und den Spiegel zerbrach.

Als sie auf dem Heimweg war und schon die Landstraße gewonnen hatte die nach dem Dorfe führte, gesellte sich ein Mädchen zu ihr, Adriane mit Namen, das von der Mahd kam. Sie war eine schöne starke Person von südländischem Wesen, mit verführerischem Wohllaut in der Stimme. Sie fand es ihrer Kraft und Schönheit angemessen, die jungen Männer und Burschen des Dorfs sich botmäßig zu machen, und immer war es der angesehenste und schönste den sie betörte und, solange es ihr gefiel, in ihrem Netze hielt. Konrad war ihr um des Evleins willen entgangen; aber es dünkte ihr das eigentlich gegen Ordnung und Ehre, wie sie sie verstand, und sie gab ihn, obgleich sie keine Veranstaltungen machte ihn zu fangen, noch nicht als für sich verloren auf.

Adriane und das Evlein waren in einem arglosen Gespräch dahingeschritten, wobei die letztere sich mehr von dem tiefen Geläut ihrer Stimme als von den Dingen begleiten ließ die sie erzählte, als Adriane plötzlich sagte: »Übrigens Konrad! Konrad ist dir auch noch nicht ganz sicher.« Das Evlein, das in seinen eigensten Gedanken getroffen war, blieb stehen und musterte die andere, die nun gleichfalls ihre Schritte anhielt, mit einem großen Blick. Adriane lachte kurz, fröhlich und unbefangen. Das Evlein sah wohl daß sie ein Recht haben mußte, so zu reden. Aber da die Worte ohne Bosheit und Hinterhalt dahingesprochen schienen, hielt sie an sich. Ja, sie war Adriane halb dankbar. Denn ohne daß sie an eine Erschütterung der Neigung Konrads geglaubt hätte: hier schien ein Lichtstrahl, der ihr eine wohlgefühlte Verdüsterung und Bedrückung Konrads erhellen konnte, die, während er alle Beweise seiner Liebe zu ihr noch zu steigern getrachtet hatte, in den letzten Wochen auf ihm lasteten. Das Evlein setzte seinen Weg fort; sie würde bald wissen, was es für eine Bewandtnis mit den Worten Adrianes habe.

Diese ging neben ihr her und besann sich, ob sie zuviel gesagt. Aber sie hatte keinen Anlaß, zu widerrufen oder einzulenken. Konrad, seit jener unglückseligen Entdeckung in Qualen umhergetrieben, war ihr begegnet und hatte, während er sonst ruhigen Auges an ihr vorüberging, diesmal, um sich zu betäuben, Gift gegen einen unaufhörlichen Schmerz zu nehmen, ihren Blick gesucht und flammend in sich eingesogen. Mehr hatte sich nicht ereignet. Aber Adriane war erfahren und kannte den Lauf der Dinge.

Am Abend erwartete das Evlein Konrad auf der grünen Insel. Sie ging gelassen die wenigen Schritte auf und nieder die der Raum bot. Als Konrad über den kurzen Steg schritt der über das schnelle Wasser führte, trat sie auf ihn zu. Sie legte beide Hände auf seine Achseln und sah ihm ins Auge. »Was ist dir?« fragte sie. »Was ist's mit Adriane?«

Er konnte ihr nichts entgegensetzen. All seine Qual stürmte gegen die Tore seines Herzens. Hilflos suchte sein Auge das ihre. Er wollte reden; aber nur ein Aufschrei war es, was sich seiner Brust entrang. »Ich liebe dich und kann dich nicht begehren!« brach es aus ihm heraus. Und er stürzte nieder in ihren Schoß, da sie ihn, sich auf die Eichenbank niederlassend, auffing und an sich zog. Er vergrub sein

Haupt unter ihren Händen und seinen Körper durchliefen Erschütterungen, als solle ihm das Herz brechen.

Nach dem Geständnis Konrads saß das Evlein noch lange im Dunkel allein. Eine Unruhe stieg in ihr empor und ließ sich nicht mehr beschwichtigen. Wenn Konrad sie nicht begehrte, wer würde sie begehren? Es durchzuckte sie plötzlich und erhellte sie wie ein Blitz daß sie noch von keinem begehrt worden war: mit keinem Blick, mit keinem Wort, vielleicht mit keinem Gedanken. Hatte sie nicht stolz in dem Gefühl gelebt daß ihr kein Mann nahen durfte? Etwas sprang sie an und biß sich in ihr fest wie eine Schlange. War ihre Unberührtheit, die über ihrem Leben wie ein schützender Stern geschienen hatte, nichts anderes als ein verkappter Fluch? War sie verdammt? Die Sinne schwanden ihr wie vor einem Abgrund der sich aufriß. Sie schloß die Augen, um ihr pochendes Herz zu beruhigen. Da sah sie sich verdorrt an einem Wege liegen und ringsum blühte alles.

Sie mußte Gewißheit haben. Es durchfuhr sie, noch heute auf den Tanzboden zu gehen und ihre Macht an den Burschen des Dorfes zu erproben. Es war spät und sie würden erhitzt sein von Wein und Tanz. Aber sie verwarf den Gedanken wieder: sie würden es vielleicht dennoch nicht wagen, aus Angst oder Achtung vor Konrad oder weil sie ihm versprochen galt.

Am anderen Morgen fuhr sie mit Blumen zur Stadt. Seit sie auf das Betreiben Konrads in den Betrieb des Werks und seiner Geschäfte Einblick zu gewinnen suchte und dergestalt bald helfend bald lernend in es hineingezogen worden war, war die Gepflogenheit früherer Jahre aufgegeben worden. Ihre alten Bekannten und Kunden, die zu den Brunnen kamen, begrüßten sie, und neue Käufer, die ihre Schönheit anzog, traten heran. Sie blickte sie prüfend an. Keiner der nicht von ihr bezaubert war, der sich nicht an ihrer Schönheit weidete wie an einem schönen Schauspiel, das die Natur für ihn spielte. Aber keiner trat zu ihr, der in einer Befangenheit ein Gefühl verbarg, der ihr ein Wort versteckt in andere zuzutragen suchte, der ihr einen besonderen Blick zuzustecken wagte, der durch ein Erröten unter ihren forschenden Augen auch nur den flüchtigsten Gedanken zu verraten gehabt hätte.

Das Blut stieg ihr zu Kopf. Etwas wie Scham überkam sie. Eine Angst trieb sie zu einer ihr unbekannten Eile an. Es dürstete sie nach neuen Beweisen und hetzte sie wahrhaft nach ihnen umher. Sie verschmachtete beinahe in Begierde nach ihnen. Als der Mittagszug sie nach den Höhen hinaufführte, schien er ihr mit einer folternden Langsamkeit dahinzukriechen. Es war ihr, als käme sie zu irgend etwas zu spät, und sie hätte doch nicht sagen können, was sie eigentlich versäume.

In ihrem Zimmer angekommen, warf sie ihr bestes Kleid und ein paar auffällige Gürtel und Bänder in eine Reisetasche und fuhr am Nachmittag wieder zur Stadt. In einem Hause, das auf vielen Pappschildern eingerichtete Zimmer zum Vermieten anbot, mietete sie wahllos eines das ihr für ihre Zwecke geeignet schien, und erwartete mit Ungeduld die Dämmerung.

Sie betrat die Straßen der Stadt. Und leise, erst zaghaft, dann kühner, lockte sie die Männer an, ihr zu folgen, wie sie es von andern sah die zwischen den eilenden Bürgersleuten langsamer und bedeutsam ihren Weg suchten. »Schöner Freund!« sagte sie leise, wenn sie sich an einem der Herren vorüberschob; und »Schönes Kind!« klang es leise zurück. Halbe Blicke warf sie den Männern hin oder drehte den Kopf frei über die Schulter, wenn sie einen zu sich heranzwingen wollte. Es war mancher, der der aufrechten Gestalt folgte, die ihm aus dem Gedränge in eine Seitengasse vorausging, wo sie ihm Einlaß in ein dunkles, verwohntes Haus und ein dürftiges schlecht erleuchtetes Zimmer gewährte. Aber alle verließen sie wieder wie unter einem Bann und doch keiner wissend, was ihn vor ihr fernhielt. Manche waren seltsam höflich, manche tappten wie irre an sich davon, einige gingen mit einem Fluch.

Lange trieb sie ihr trauriges Spiel, fast die ganze Nacht. Immer voll neuer Hoffnung, immer von neuem enttäuscht. »Bin ich denn aussätzig?« fragte sie einen verzweifelt. Aber er schüttelte langsam den Kopf und wußte nichts zu antworten. Als der Morgen graute, saß sie angekleidet auf dem Bett, die Ellenbogen auf die Knie gestemmt, die Ballen ihrer Fäuste in die Augen gepreßt. So sann sie lange, als ob sie mit ihren Gedanken das Geheimnis durchdringen müßte das um sie war. Noch schien sie nicht am Ende zu sein; noch flackerte es irgendwo wie Licht und Hoffnung. Endlich sagte sie, wie um ganz sicher zu sein vor sich und zugleich alles abzuschneiden: »Jede – es müßte denn die stumpfeste Kreatur sein–jede, die den Stier brüllen hört und den Hengst wiehern, die dem Schlag der Nachtigall lauscht und den Vöglein in den Zweigen, jede, die sich auch nur einem flüchtigen Schmetterling, einem armen Schnecklein im Walde gleich und ebenbürtig hält, würde so handeln wie ich. Ich tue nichts Besonderes.«

Das Evlein brauchte keine Rechtfertigung, weder vor sich noch vor andern: ihr Blut schrie und begehrte zu wissen. Sie gab ihm Raum wie etwas Heiligem das über sie kam.

Am Abend in der Dämmerung ließ sie sich von einem Mädchen, das sie reichlich bezahlte, ein verrufenes Haus zeigen. Sie betrat es. Die Schließerin sah die edle Gestalt argwöhnisch an; da sie aber an allerhand Vorkommnisse gewöhnt zu sein schien und einige harte Geldstücke in ihrer Hand fühlte, ließ sie sie ein und erfuhr von ihr daß sie weiter nichts wolle als die Nacht zwischen die anderen Mädchen treten die sie halte. Der Handel war bald geschlossen. Die Alte warf ihr ein paar Bandspangen für Schultern, Hand- und Fußgelenke zu und fragte, ob sie ein Hemd wolle. »Ich trage kein Hemd. Ich habe ein Gelübde,« antwortete das Evlein. »Das ist ein gutes Gelübde für diesen Ort,« sagte die Frau lachend und trug das Hemd wieder fort.

Als die Nacht kam, wurde der Raum von der Alten in ein falsches aufdringliches Licht versetzt, das unter den Gesimsen in zahlreichen Flammen angebracht war und sich in vielen Spiegeln brach. Das Evlein trat in die Reihe der Mädchen. Sie verhielten sich teilnahmlos und schweigsam und beachteten sie kaum. Es waren viel Fremde in der Stadt. Männer aller Art traten in das Haus, schauten die Mädchen mit lüsternen Blicken an und gingen wieder oder winkten einer, ihnen zu folgen. Wohl schauten alle auch sie an, die mit den anderen zur Schau stand. Keiner der sie unbeachtet ließ, manche die sie anstarrten wie ein Wunder. Aber ihr winkte keiner; nicht einmal ein Blick forderte sie auf. Sie stand an ihrem selbstgeschaffenen Pranger und sah bald die Männer an, bald senkte sie die Augen. Aber sie mochte sie ansehen oder nicht: von ihrem nackten Leibe ging ein Bann aus, der sie zurückhielt.

Und ein Mann kam, der schloß die Augen halb und ging wie unter einem Schleier auf sie los und schien kühner zu sein als die anderen. Das Evlein zitterte. Als er ihr aber ganz nahe war, taumelte er zurück wie von einer großen Helligkeit getroffen, die plötzlich über ihn hereinbrach; und er ließ von ihr ab.

Da wußte das Evlein, daß es keiner wagen würde. Aber sie stand ihren Pranger aus, weil sie nichts mehr zu hoffen hatte. Was hätte sie um die Schmach auch nur eines begehrlichen Blickes gegeben; wie war sie ausgestoßener als jene die neben ihr standen und die die Menschen für ausgestoßen hielten; gebrandmarkt und unwert des einfachsten, heiligsten Willens der Natur; gestäupt und gegeißelt von dem Fluch ihrer Unberührbarkeit; verjagt aus dem Stolz ihrer Keuschheit und geschändet durch ihre Unbefleckbarkeit. Nun war sie wirklich weniger als das Schneckchen im Walde, und das kleinste Insekt triumphierte über sie.

Als die Nacht schon weit vorgeschritten war, die Mädchen müde auf den Polstern lagen und die Tür seltener ging, stand sie noch immer, und ihre Augen fielen auf ihr eigenes Bild, wie es aus den Spiegeln in grellem Licht ihr entgegengeworfen wurde. »Was ist an mir?« fragte sie sich, indem sie sich noch einmal zusammenraffte, und schickte sich an, sich mit einem eisernen Blick zu mustern. Da war es ihr, als ob das Glas ihr Rede stehen wolle, und etwas von dem gleichen seltsam Abweisenden schien sie aus ihren reinen eigenen Formen anzublicken das sie jüngst in dem sich klärenden Bilde im Wasserspiegel entdeckte und zerstörte, noch ehe es ihr zum Bewußtsein gekommen war. Aber in demselben Augenblick als sie es jetzt in einem Schauder vor sich festzuhalten versuchte, erlosch das Licht in dem Raum ringsum bis auf eine ärmliche Flamme, die Alte rief etwas von Feierstunde, die Mädchen, erhoben sich, gingen hinaus und die Spiegel lagen im Dunkel.

Wortlos kleidete sie sich an, wortlos entließ sie die Alte auf die Straße und schloß das Haus. Unter seinem Kummer kroch das Evlein dahin, wie sie nie gedacht hatte daß sie kriechen könne. Sie hatte alle Beweise, die letzten auch, und konnte dennoch nicht glauben.

Sie fror. Die Dinge verschwammen. Irgendwo pfiff die Maschine eines Zuges in der Frühe; es roch nach nassen Kleidern und Men-

schen stießen sie an die in der Ecke saß. Dann hörte sie Stimmen die
ihr bekannt schienen, und ging durch Türen durch die sie oft gegangen war; ein Sägegatter ging auf und nieder und ein Bach raunte
eine bekannte Weise. Als sie über die Schwelle ihres Zimmers trat
und es sie überkam wo sie war, stürzte sie vor ihrem Bette auf die
Knie, umarmte mit beiden Armen die Lagerstatt ihres Hauptes,
küßte das Linnen ihrer Kissen und schluchzte in sie hinein wie ein
Kind das in den Schoß seiner Mutter sinkt.

Ihr Lager nahm sie auf, der Schlaf nahm sie dahin, und sie wußte
nichts mehr von ihrem Fluch.

Die Mittagsonne eines neuen Tages schien in ihr Zimmer, als sie
erwachte. Sie lag ganz still, um ein wohliges Gefühl nicht zu zerstö-
ren das sie durchlief. Indem die sich belebenden Sinne langsam sich
rückwärts tasteten, gewann sie die Erinnerung an die letzten Tage,
wie einem Menschen das Besinnen zurückkehrt der aus einem
schweren Schiffbruch gerettet ist und aus langer Erschöpfung das
erstemal zum Bewußtsein erwacht. Einer großen Gefahr war sie
entgangen, so fühlte sie dankbar, und strich unter der Decke leise
über ihre Glieder. Sie waren heil und gesund und schmerzten sie
nicht. War ihre Unberührtheit ihr dennoch zur Gnade ausgeschlagen? Sie wollte es bejahen und seufzte doch tief auf, sehnte sich
nach Konrad und breitete weit ihre Arme nach ihm aus.

Dann versank sie wieder in Nachdenklichkeit. Seltsames ging in
ihr vor. Es war ihr, als ob das was sie erfahren, nicht das Ende sei,
als sei sie vielmehr nur durch eine Station gegangen, durch ein Vor-
spiel, dem anderes folgen müsse. Ihr Blut hatte nach Beweisen geschrien für einen Fluch, gegen den es sich aufbäumte. Die sie ihm
verschafft hatte, waren bitter. Ihr Innerstes aber erwartete noch
immer einen Ausweg, eine Rettung, einen Austrag der Unbill, die
eine ihr unbekannte Macht über ihren gesunden Leib verhängt hatte. So war ihr, als ob ihr eine Offenbarung bevorstehe, als ob sich
das alles auflösen müsse, als ob der Himmel oder die Natur ihr ein
Geheimnis enthüllen werde, das sie lächelnd entgegennehmen
würde, so verborgen es ihr jetzt noch war. Denn sie war von der
Art, daß sie sich zu gesund an Leib und Seele fühlte, um eine Verdammte zu sein.

Und sie überdachte das erstemal in ihrem Leben, seit wann sie wohl diese Keuschheit besitze die alle abwies; hatte sie sich immer so gekannt? War sie nicht in der Frühe eines Junimorgens, fast noch ein Kind, in ihrem verwachsenen Hemdchen, voller Scham und für jeden Blick verwundbar, die große Wiese hinaufgesprungen? Und nach einer kleinen Stunde war sie den Rain zurückgegangen, ganz nackt, unbeschwert, frei, unangefochten von jeglicher Scham, im Mantel ihrer Unnahbarkeit. Die Himmelskönigin kam ihr in den Sinn, der schöne Knabe dem sie ihr Hemd geschenkt und die seltsamen Worte, die Konrad über sie führte als er sie damals belauscht hatte. War ihre Unberührbarkeit – so meinte sie – wirklich von einer Himmlischen mit einem Lächeln ihr zugehaucht worden, so würde sie auch mit einem Lächeln von ihr genommen werden wenn die Zeit kam; und wenn sie so dachte, erschien ihr das Leid der letzten Tage eher wie eine Prüfung, eine gelinde Züchtigung dafür daß sie in ihrer armen Menschlichkeit in der himmlischen Gabe einen Unsegen gesehen oder vermutet hatte.

Sie wußte sich das alles nicht zusammenzureimen und fühlte sich doch an der Schwelle des Geheimnisses.

Mit einer feierlichen Ungeduld erhob sie sich, trank die Milch und aß das Brot, die immer für sie an bestimmter Stelle bereit standen, und begab sich in die Geschäftsräume hinüber, wo Arbeit ihrer wartete. Es fuhr ihr durch den Sinn, daß sie am Abend Konrad sehen würde, dann aber wieder, daß sie vielleicht nicht würde kommen können, von irgendeinem für sie bedeutsamen Geschehnis abgehalten.

Das Evlein war schon geraume Zeit im Werk verschwunden und nichts von Bedeutung schien sich ereignen zu wollen, als in der Abenddämmerung das ganze Dorf durch die Ankunft eines fast lautlos und schwebend über das Gepflaster einfahrenden feinlackierten Reisekraftwagens in Aufregung versetzt wurde. Zwei sehr schöne in weite Schleier gehüllte Frauen entstiegen dem Fahrzeug, als es anmutig und bestimmt vor den Stufen des Gasthofs, der sich dieser Ehre nicht versah, haltmachte. Nach einer Weile kam ein Dienstmädchen ziemlich ratlos auf die Straße gestürzt. Von ihm erfuhren die Trüppchen der Neugierigen, die noch auf dem Pflaster herumstanden wie kleine schwarze Pfützen nachdem der Regen sich längst verlaufen hat, die Damen wollten sich zu einem Tanz auf einem Schloß der Nachbarschaft hier im Gasthof umziehen und herrichten und verlangten nach zwei zierlichen leichten Rosenkränzen, wie sie für ein ländliches Fest in schönen Frauenhaaren passend schienen. Die Neugierigen kamen sich nützlich und wichtig vor, als sie auf das Evlein als die unzweifelhafte Retterin der Ehre des Dorfes, wenn sie sich mit Blumen wahren ließe, hinwiesen. Und das erstemal in ihrem Leben ging das Evlein noch des Abends spät in ihren Blumengarten, um Rosen zu schneiden. Sie schnitt mehr als genug für zwei kleine Halbkränze, die sie schnell und leicht so band daß man sie in das Haar mehr einflechten als aufsetzen sollte. Dies aber, hatte sie sich vorgenommen, dem Bauernmädel abzunehmen, das sich in Handreichungen für vornehme Damen doch nur lächerlich und ungeschickt aufführen würde. Zwei dicke Sträuße großer Rosen lagen außer den Kränzen in ihren Körben, als sie eilend in der sinkenden Dämmerung über die große Wiese zurücklief, dem hell erleuchteten Gasthof zu.

Als sie das Zimmer der Fremden betrat, zu dem sie der Wirt, wohl zufrieden, seinen Gästen mit einer so schönen Person aufwarten zu können, bereitwillig zuließ, erschrak sie ein wenig beim Anblick der zwei Frauen, die in einem luxuriösen Durcheinander, das sie aus ihren Koffern angerichtet hatten, jede vor einem kerzenbeleuchteten Spiegel saßen und offenbar nur auf ihre Kränzlein warteten. Das kleine Erschrecken des Evlein rührte aber daher daß die beiden Schönen, so oft auch das Mädchen bald heimlich bald unverhohlen ihre Blicke der einen oder der andern zuwandte, was beide, in ihre Spiegel blickend, sehr wohl bemerkten, nicht nur einander wie Schwestern glichen, sondern auch etwas von jener himmlischen Schönheit an sich zu tragen schienen, die ihr von einem Junimorgen auf der großen Wiese vor ihrem Blumengarten in einer unverrückbaren Erinnerung geblieben war. Keine der Frauen zeigte zwar hier vor den Spiegeln die stille Erhabenheit jener die den Jesusknaben an der Hand geführt hatte; und wenn die Blicke dieser keusch und still gewesen waren, so waren die der Fremden eher keck und übermütig. Aber dennoch leuchtete in ihrem Benehmen eine geheimnisvolle Hoheit, die das Herz des Evlein erwartungsvoll schlagen machte. Um so begieriger horchte sie, ob in den

Gesprächen, die die Damen miteinander während ihrer Handleistungen führten, sich nichts Himmlisches verriete. Aber sie unterhielten sich ganz und gar nicht von dem göttlichen Kinde und anderem was sie hätte angehen können sondern von sehr irdischen Dingen und schienen sich überdies an der Ratlosigkeit des Mädchens, das nicht wußte was es aus ihnen machen solle, heimlich zu belustigen. Am Ende hatte Evlein nicht mehr von ihnen erhascht und verstanden als daß sie sich gegenseitig Maria und Magdalena nannten.

Die Arbeit des Mädchens war bald getan. Die Rosen im Korb kauften die Damen mit den Kränzen und steckten sie nachlässig in die Gürtel ihrer Gewänder. Dann holte die eine mit spitzen Fingern ein Goldstück aus ihrer Börse und legte es auf den Tisch, nicht ohne die andere mit einem bedeutsamen Blick zu streifen.

Sie waren zum Weggehen fertig. Noch einmal fielen die Schleppen, um die Hände für das Anziehen der langen weichen Handschuhe frei zu bekommen. Während sie beide zugleich bedachtsam diese Prozedur vornahmen, sagte die eine, ohne das Evlein nach seiner Meinung zu fragen:

»Du könntest hier etwas aufräumen, wenn wir gegangen sind. Die Bauernmädchen verpatschen und zerreißen einem doch nur alles mit ihren plumpen Fingern.«

Dann nahmen sie ihre Gewänder auf, lachten leise ehe sie gingen und waren verschwunden, bevor das Evlein ihnen nachzublicken wagte.

Sie aber stand in dem nach dem Hinausschweben der hellen Gestalten wie verdunkelten Zimmer zwischen den Spiegeln und Kerzen, den fremden Dingen und Gerüchen, und eine leise Enttäuschung über die beiden Damen schlich sich in ihr Herz. Langsam trat sie an den Tisch und hob das Goldstück auf, ob es ihr etwas verriete. Es zeigte ein fremdes Gepräge. Schwer lag es in ihrer Hand und schien sie zu verpflichten. Sie machte sich an die Arbeit. Aber als sie sich noch umschaute, wo sie zuerst zugreifen sollte, gewahrte sie, über der Lehne eines Stuhles hängend, hell und zugleich geheimnisvoll bespiegelt, einen Gegenstand der sie lächeln machte.

Es war ein feines Frauenhemd; leicht, kaum von Gewicht, mit entblößtem Hals und entblößten Armen zu tragen, wie es schöne Frauen zur Tagzeit an ihrem Körper leiden.

»Solche Dinge also tragen sie«, sagte das Evlein leise, indem sie zu dem Stuhl trat. Und fast eitel darauf daß sie kein Hemd trage, faßte sie das fremde mit beiden Händen und breitete es prüfend in der Luft aus: »Solche Dinge also tragen sie.«

Während sie sich eben noch mit diesen Worten vor sich selbst brüstete, konnte sie dennoch zugleich der Lockung nicht widerstehen. Sie streifte ihr Jäckchen ab, der Rock fiel zu Boden; sie warf das Hemd über den bloßen Leib und trat zwischen die beiden Spiegel.

Sie erblickte sich. Und das erstemal in ihrem Leben errötete das Evlein. Und noch im Erröten schien sie verwandelt. Ein Wirrwarr der Gefühle ging von dem Bilde im Spiegel auf sie über, der doch gleichwohl erst von ihr selbst in das Glas hineingetragen sein mußte. – Sie mußte sich einen Augenblick zwingen stillzustehen, um die Offenbarung zu begreifen. War ihr nicht noch ehegestern ein Hemd angeboten worden und hatte sie es nicht ausgeschlagen? Ein Frösteln überrieselte sie. – Dann stürmte ihr Abbild von neuem auf sie ein. Sie fühlte sich gehöhnt geschmeichelt, entehrt geliebkost zugleich; sie wollte sich erwehren und mußte sich doch überlassen; sie wollte sich schämen, und mußte sich freuen – ihr schwindelte. Fluchtartig riß sie sich von dem Bild im Spiegel los. Sie stürzte hinaus, als ob es hinter ihr brenne.

Draußen im kalten Flur fiel es ihr ein daß sie ihre Kleider zurückgelassen hatte. Aber ihr, die kein Blick bisher berührte, verlegte die Scham beide Wege zugleich. Sie konnte nicht vor- und nicht rückwärts. Im unbestimmten Suchen nach einem Ausweg, nach einer Zuflucht, drückte sie mit bebendem Herzen und fliegendem Atem die Klinke des nächsten Zimmers. Es war leer. Und im Dunkel sank sie auf einen Stuhl an den sie stieß, ohne auch nur die Kraft zu haben, die Türe hinter sich zu schließen. Mit hochgezogenen Knien, ganz in sich zusammengepreßt, wartete sie zitternd vor Erregung und wagte es nicht, sich von der Stelle zu bewegen.

Unterdessen wartete Konrad an dem gewohnten Platz auf der grünen Insel. Schon mehr als einmal hatte er die weichen Kissen gerichtet, die er für sie aus dem Hause mitgebracht hatte. Nun erhob er sich. Hatte er es ertragen müssen daß sie nach seinem Geständnis einige Tage verschwunden war, so beunruhigte es ihn jetzt daß sie nicht kam während er sie im Dorfe wußte. Da erfuhr er denn bald die Sache mit den Fremden, den Rosenkränzen und den Diensten, die das Evlein dem Mädchen im Gasthof abgenommen hatte. Er vernahm aber auch, daß die Damen in ihrem Reisewagen schon seit geraumer Zeit davongefahren waren.

Konrad stieg die Treppe hinauf. Das offene Zimmer der Fremden am Ende des Ganges fand er verlassen. Die Lichter flackerten aber verrieten nichts. Als er auf dem Rückweg an dem dunkeln Raum vorüber wollte zu dem die Tür offen stand, hielt ihn ein leises Geräusch fest. Bald stand er an ihrem Stuhl. Sie hatte ihn am Tritt erkannt und wußte daß er es sein müsse. Und wie in einer entsetzlichen Verzweiflung, hilflos, nach Erlösung ringend, schlang sie die nackten Arme um den Hals ihres Freundes, der sich zu ihr niederbeugte, und unter Strömen stummer Tränen küßte sie ihn tausend und tausendmal.

Konrad schwieg und biß sich auf die Lippen. Da das Evlein immer zu einem Wort oder Geständnis anzusetzen schien, blieb er still, indem er sie auf seine Knie zog.

Aber es gab doch eine neue große Flut von Tränen als das Evlein am Ende eine Frage hervorbrachte. »Konrad,« sagte sie, »Konrad, wirst du mich denn nun noch lieben? Ich habe doch ein Hemd an!« Aber Konrad antwortete nicht, sondern küßte sie. Und endlich war ein Lachen unter ihren Tränen und sie empfand es ganz und gar wundervoll daß sie ein Hemd anhatte.

Da schlang Konrad eine Decke, die er vom Bett herunterriß, um ihre Gestalt und trug sie durch das Haus und über die Straße in ihr Zimmer. Die Neugierigen, die die Köpfe zusammensteckten, beachtete er nicht.

Und die Schranke, die zwischen ihnen aufgerichtet war, fiel. Das Evlein seufzte ein wenig als der Schutzmantel der Himmelskönigin von ihr absank; aber es war ihnen beiden so wohl wie irgendeinem Menschenpaar, das je von einem Frauenhemd gewußt hat.

Das Evlein hat sich aber zeit ihres Lebens nicht davon abbringen lassen daß jene zwei schönen Frauen, denen sie im Gasthof die Haare zum Tanz hatte ordnen müssen, in einer geheimnisvollen Beziehung oder Verwandtschaft mit der hoheitsvollen Frau standen, die ihr dereinst vor langen Jahren in der Frühe eines Junitages auf der großen Wiese vor ihrem Blumengarten begegnete. Nach einigen Tagen hatte sie, um der Sache auf den Grund zu kommen, den Mut gehabt, beim Wirt vorsichtige Fragen über den Verbleib der beiden Damen zu wagen. Aber sie waren nicht zurückgekehrt und niemand wußte zu sagen, wohin sie gefahren. Freilich sei ihm, so erzählte der Wirt, einige Tage nach ihrer Wegfahrt eine kurze Weisung zugegangen, die zurückgelassenen Sachen ihnen an einen angegebenen Bestimmungsort, dessen wunderlichen Namen er vergessen, nachzusenden.

Das Evlein sagte nicht daß von jenen Dingen ein Hemd fehle.

Über tredition

Eigenes Buch veröffentlichen

tredition wurde 2006 in Hamburg gegründet und hat seither mehrere tausend Buchtitel veröffentlicht. Autoren veröffentlichen in wenigen leichten Schritten gedruckte Bücher, e-Books und audio-Books. tredition hat das Ziel, die beste und fairste Veröffentlichungsmöglichkeit für Autoren zu bieten.

tredition wurde mit der Erkenntnis gegründet, dass nur etwa jedes 200. bei Verlagen eingereichte Manuskript veröffentlicht wird. Dabei hat jedes Buch seinen Markt, also seine Leser. tredition sorgt dafür, dass für jedes Buch die Leserschaft auch erreicht wird.

Im einzigartigen Literatur-Netzwerk von tredition bieten zahlreiche Literatur-Partner (das sind Lektoren, Übersetzer, Hörbuchsprecher und Illustratoren) ihre Dienstleistung an, um Manuskripte zu verbessern oder die Vielfalt zu erhöhen. Autoren vereinbaren direkt mit den Literatur-Partnern die Konditionen ihrer Zusammenarbeit und partizipieren gemeinsam am Erfolg des Buches.

Das gesamte Verlagsprogramm von tredition ist bei allen stationären Buchhandlungen und Online-Buchhändlern wie z. B. Amazon erhältlich. e-Books stehen bei den führenden Online-Portalen (z. B. iBookstore von Apple oder Kindle von Amazon) zum Verkauf.

Einfach leicht ein Buch veröffentlichen: **www.tredition.de**

Eigene Buchreihe oder eigenen Verlag gründen

Seit 2009 bietet tredition sein Verlagskonzept auch als sogenanntes "White-Label" an. Das bedeutet, dass andere Unternehmen, Institutionen und Personen risikofrei und unkompliziert selbst zum Herausgeber von Büchern und Buchreihen unter eigener Marke werden können. tredition übernimmt dabei das komplette Herstellungs- und Distributionsrisiko.

Zahlreiche Zeitschriften-, Zeitungs- und Buchverlage, Universitäten, Forschungseinrichtungen u.v.m. nutzen diese Dienstleistung von tredition, um unter eigener Marke ohne Risiko Bücher zu verlegen.

Alle Informationen im Internet: **www.tredition.de/fuer-verlage**

tredition wurde mit mehreren Innovationspreisen ausgezeichnet, u. a. mit dem Webfuture Award und dem Innovationspreis der Buch Digitale.

tredition ist Mitglied im Börsenverein des Deutschen Buchhandels.

Dieses Werk elektronisch lesen

Dieses Werk ist Teil der Gutenberg-DE Edition DVD. Diese enthält das komplette Archiv des Projekt Gutenberg-DE. Die DVD ist im Internet erhältlich auf **http://gutenbergshop.abc.de**